Feldhaus

Fünf auf Crashkurs

Feldhaus

FÜNF AUF CRASHKURS

Roman

Ausführliche Informationen über
unsere Autoren und Bücher
www.dtv.de

Von Hans-Jürgen Feldhaus sind außerdem bei dtv junior lieferbar:
Quinn & Spencer – Zwei Checker, kein Plan
Quinn & Spencer – Genial verzockt!
Echt abgefahren!
Echt krank!
Echt fertig!
Echt durchgeknallt!
Echt fett! – Zwei Katastrophen in einem Band
Echt am Limit! – Zwei Katastrophen in einem Band

Originalausgabe

Umschlag- und Innengestaltung: Hans-Jürgen Feldhaus
Gesetzt aus der Minion Pro
Satz: Hans-Jürgen Feldhaus
Druck und Bindung: CPI Ebner & Spiegel, Ulm
Gedruckt auf säurefreiem, chlorfrei gebleichtem Papier
Printed in Germany
ISBN 978-3-423-74036-4

Well, if you want to sing out, sing out
and if you want to be free, be free
'cause there's a million things to be
you know that there are.

Cat Stevens / Yusuf

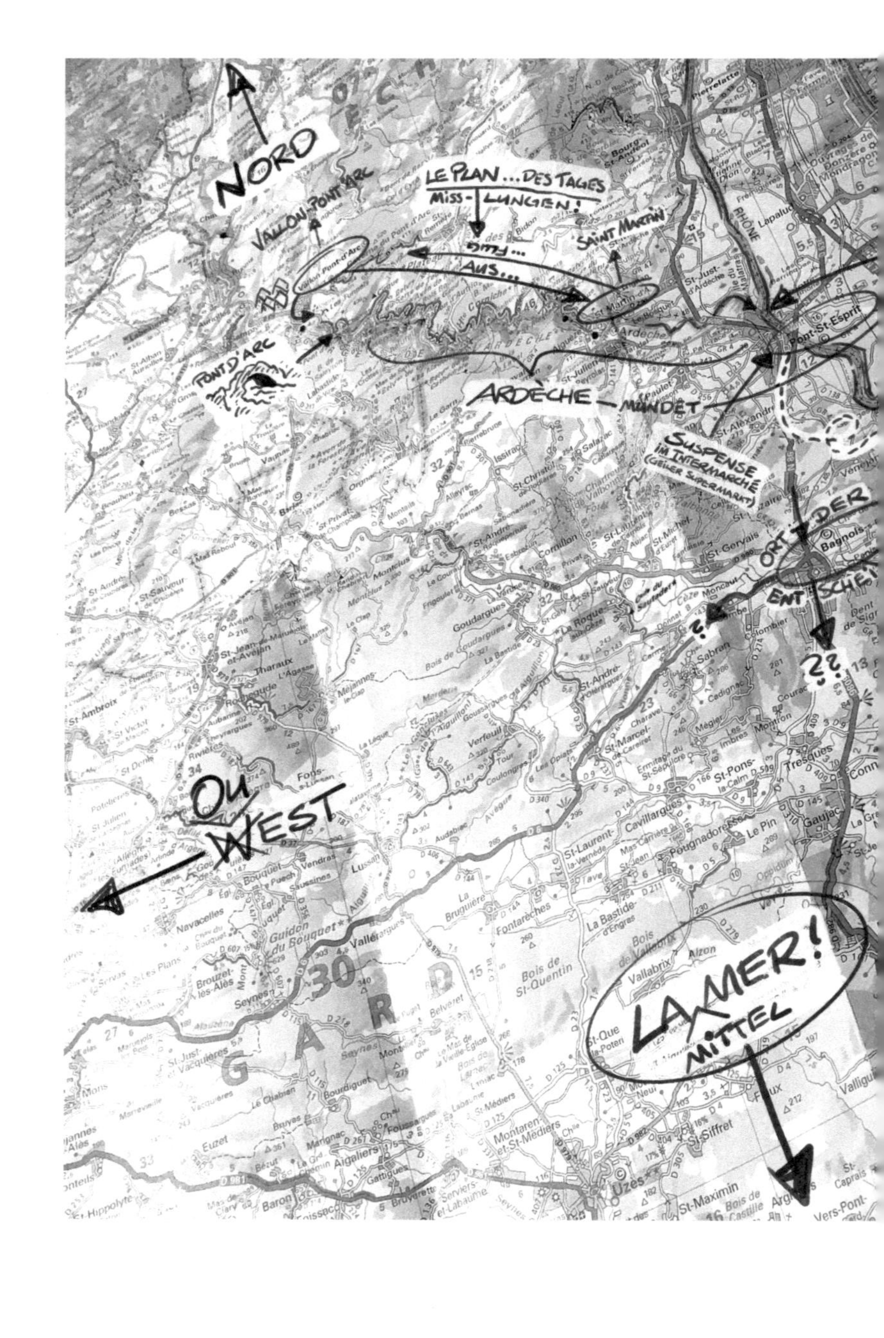

NORD
VALLON-PONT D'ARC
LE PLAN ... DES TAGES
MISS-LUNGEN!
AUS...
SAINT MARTIN
PONT D'ARC
ARDÈCHE-MÜNDET
SUSPENSE
IM INTERMARCHÉ
(GEILER SUPERMARKT)
ORT DER
ENTSCHEI
?
??
OU
WEST
LA MER!
MITTEL

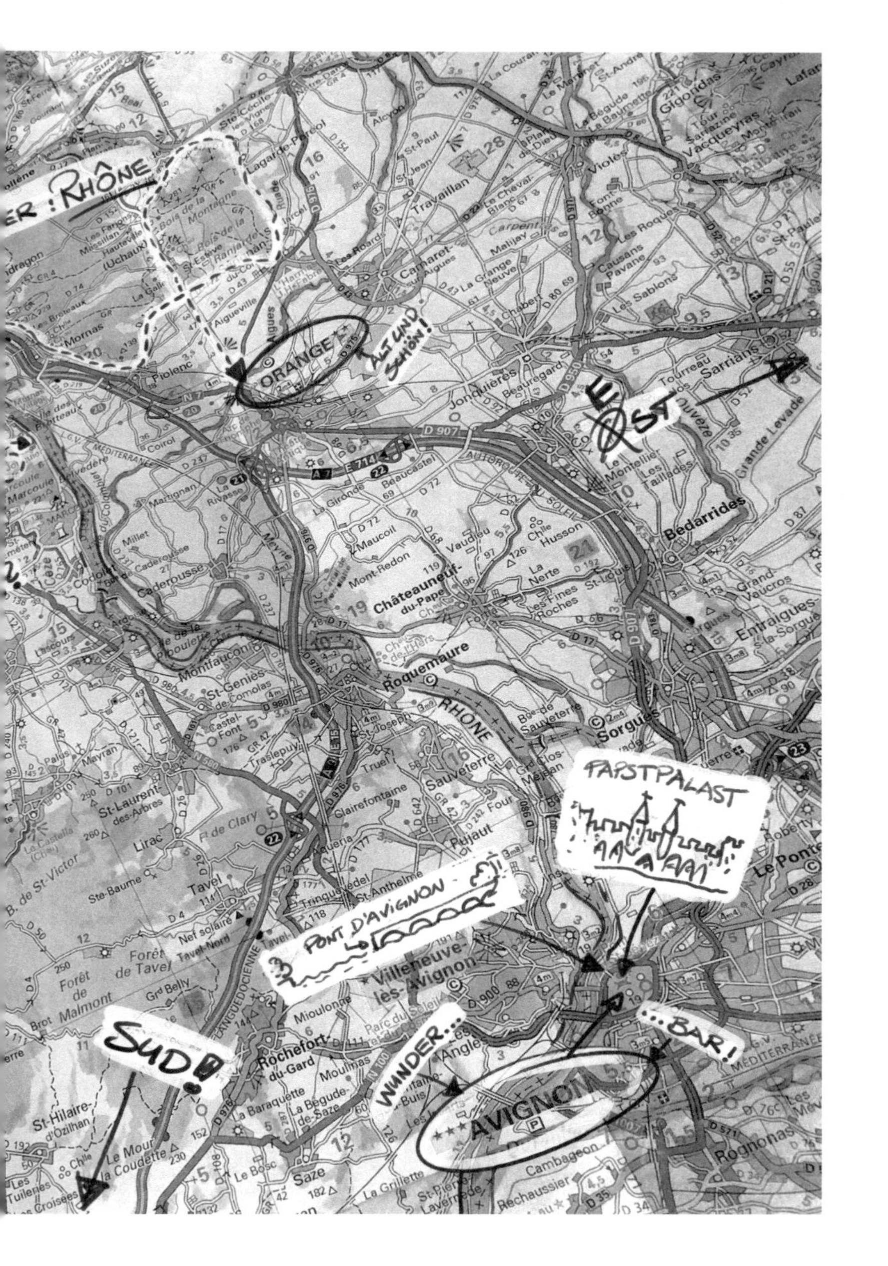

RHÔNE
ORANGE
ALT UND SCHÖN!
E
ØST
PAPSTPALAST
PONT D'AVIGNON
SUD!
WUNDER...
...BAR!
AVIGNON
Châteauneuf-du-Pape
Roquemaure
Villeneuve-lès-Avignon
Sorgues
Bédarrides

1

»Jetzt musst du springen!«, sagt Cem zu Fynn – rechts von ihm.

»Ich kann nicht!«, sagt Fynn zu Cem und glotzt den Abgrund an.

»Du musst! Denk an die Ladys da unten«, sagt Helge – links von Fynn.

»Ich kann aber nicht!«, wiederholt Fynn und presst seinen Rücken noch stärker in die Felswand. Locker wie ein Legomännchen, eins mit der Wand.

»Du *willst* nicht!«, betont Cem.

»Ja!«

»Was *Ja!?*«, will Helge wissen.

»***Ja***, ich will nicht!«

»*Ja, ich will nicht!* macht keinen Sinn«, meint Cem und Helge nickt: »Yep! Total bescheuert, die Aussage!«

»Das ist mir scheißegal, Jungs. Das ist verdammt tief und der Fluss zu flach. Sehr wahrscheinlich ist er das. Genau an dieser Stelle. Ich ***will*** nicht! Ich ***kann*** nicht! Ich werde ***nicht*** springen! ***So*** sieht's aus.«

»Da, Alter! Guck! Die Ladys tuscheln schon und machen sich lustig über dich«, sagt Cem zu Fynn, als hätte der grad gar nichts gesagt.

»... was den Scheißfluss nicht tiefer macht!«, erklärt Fynn leicht ungeduldig und dann schielt er aber auch noch mal kurz zu den beiden Mädels rüber. Zu Judith und Thalia also, die am Ufer gegenüber auf einer Decke rumsitzen. Thalia drückt sich

Sonnencreme in die Hand und verteilt sie vorsichtig auf Judiths verbrannten Schultern. Beide lächeln, keine spricht.

»Da wird nicht getuschelt. Schon gar nicht über mich. Die gucken ja nicht mal hoch«, sagt Fynn.

»Wart's ab!«, sagt Helge.

»Mach ich!«, sagt Fynn.

»Wie jetzt?«, fragt Cem.

»Ich warte ab und dann werde ich ***nicht*** springen«, antwortet Fynn.

»**Da!** Die Ladys gucken. Amtlich jetzt«, wirft Helge ein, worauf Cem wieder zu Fynn sagt: »Jetzt musst du springen!«, und ...

... wenn ich jetzt mal vernünftig über alles nachdenke, ergibt das hier überhaupt keinen Sinn. Also für *mich* schon, weil ich weiß, worum es hier geht, aber für *dich* konkret?

Dir konkret brächte es überhaupt gar nichts, wenn du – wie sagt man das korrekt – *erführest*, ob Fynn nun springt oder eben nicht. Und ganz egal, wie diese Szene endet, am Ende *dächtest* du, ja, okay. Kann man machen. Da ist Fynn gesprungen oder eben nicht. Mir doch egal, weil: Who the fuck is Fynn?

... was ich verstünde, wenn du so dächtest.

Ding ist: Fynn hat mit den anderen beiden Typen – Cem und Helge also – fünf Jahre lang kein Wort gewechselt. Also irgendwie schon, weil da kommt man ja auch gar nicht drum herum, wenn man fünf ganze Jahre lang in derselben Schule in original derselben Klasse rumsitzt. Aber vom Prinzip her: nicht ein vernünftiges Wort, was da gewechselt wurde. Und jetzt hängen alle drei in der Felswand und kriegen den Mund nicht zu. Das ist doch schon mal interessant, oder?

Und die beiden Ladys am Ufer erst: Thalia und Judith. Selbe Schule, selbe Klasse wie die *Männer in der Felswand*. Aber, großer Unterschied jetzt: Die beiden haben in fünf Jahren noch weniger als nur ein Wort miteinander gewechselt. Wie Luft haben die sich behandelt. Und ich sag dir: Vor einer Woche noch hätte Thalia Farahani sich ihre mordsteure Tube Sonnencreme mit *Beauty*faktor 30 eher freiwillig voll in die Augen gedrückt, als dass sie auch nur einen Klecks davon auf Judith Schraders sonnenverbrannten Schultern verschwendet hätte. Und ich sag dir: Judith Schrader hätte sie nicht davon abgehalten!

Und dass ausgerechnet diese beiden Ladys sich jetzt *eine* Stranddecke teilen, lächelnderweise, und *dann* auch noch tatsächlich zu den drei Jungs in der Felswand hochgucken, ist nicht weniger als ein ganz normales Weltwunder.

Okay, ob Fynn nun springt oder eben nicht, ist den beiden auch herzlich egal. Da hätte der Knabe sich das echt sparen können, die zwölf Meter hochzuklettern. Aber da hat er sich von Cem breitschlagen lassen. Und Helge ist dann ganz normal mit, weil der kein Problem mit Höhe hat. Fynn aber. Der kriegt ja schon das Kotzen, wenn er auf einem Dreimeterbrett steht.

Alles, was ich dir sagen will: Fynn, Cem, Helge, Thalia und Judith waren sich in etwa so nahe wie fünf Planeten in unterschiedlichen Sonnensystemen … um jetzt mal irgendwas Vergleichbares zu sagen. Sagen will ich: Vor drei Tagen noch verband die fünf nichts. Weiß ich alles.

Vorschlag: Ich erzähl die Szene zu Ende. Also ob Fynn nun springt oder eben nicht.

Aber vorher erkläre ich dir kurz, was Sache war. Vor drei Tagen noch. Weil: Das ist mal interessant …

2

… Sache war: Fynn Dreyer stand wie ein Idiot in der südfranzösischen Landschaft rum. Mit einer Plastiktonne unterm Arm und einem Paddel in der Hand. Am Ufer der Ardèche. Über ihm der strahlend blaue Morgenhimmel und in ihm: Finsternis.

»… nä, kein Thema, Jungs. Ist schon okay. Such ich mir halt ein anderes Boot«, sagte er aber so lässig und beiläufig wie möglich zu Jasper und Konrad in ihrem Zweierkanu, denen das wirklich leidtat, dass da einfach kein Platz mehr für ihren Kumpel war.

Aber da konnten die beiden ja auch wirklich nichts für, dass Fynn gepennt hatte. Da war er einfach nicht auf Zack. Während er nämlich noch mit dem Klickverschluss seiner ausgeleierten Schwimmweste beschäftigt war, hatte sich die komplette Meute schon längst auf die Kajaks gestürzt. 28 Mann … und *Frau* natürlich auch, um da mal korrekt zu bleiben. Praktisch gesehen: Fynns Mitschüler und -schülerinnen plus 2 Lehrkörper (ein männlicher und ein weiblicher).

Und als Fynn die Weste endlich ordentlich verschlossen hatte und dann hochguckte, waren sämtliche Kajaks besetzt. Und *jeder* hatte seinen optimalen Partner für die Tagestour gefunden … also *fast* jeder.

»Verpiss dich, Aldemir!«, teilte nämlich Thalia Cem gerade noch mal sehr deutlich mit, als der breit grinsend zu ihr vorn in das Kajak klettern wollte.

»Come on, Thalia-Schätzchen. Du willst es doch auch. Du und ich in einem Boot. Das ist wie Romeo und Julia, Adam und Eva, Tarzan und …«

»VER-PISS-DICH!«, wiederholte Thalia, Cem nickte … blieb aber stehen und fuhr fröhlich fort: »… Jane, Black und Decker, Siegfried und R…«

»Cem Aldemir!«, grätschte Klassenlehrer Kai Schindler dem Cem genervt in die Liste. »Steig einfach bei Helge ein. Da ist noch Platz.«

»Äy Doc, isch kannisch, äy«, switchte Cem ins Dönerdeutsch um. »Ist der Strattmann vollnisch Muslim und ischaber und Mohamed sackt: Sollst du nur mit Muslim in Scheißkanu

Scheißfluss runterpaddeln und …«

»Ich bin Atheistin, du Penner!«, informierte Thalia ihn.

»… ***und*** *Atheistinnen*, die sind auch top, sackt coole Moham…«

»Mach jetzt!«, stöhnte Schindler und Cem machte.

Jeder … jede … fast *alle* also hatten ihre optimalen Kanupartner gefunden. Außer Fynn ganz klar nein, der nun mangels Alternativen ebenfalls zu Helge Stratmann in das einzige Dreierkanu steigen musste. Schwer begeistert wie Cem … also gar nicht. Und Helge selbst hatte sich das eh ganz anders vorgestellt. *Der* hatte sich bei dem Run auf die Kanus nämlich ganz bewusst auf den uralten, abgewrackten Kanadier gestürzt. Also *Kanadier* im Sinne von Kanu, mit dem schon die Indianer unterwegs waren. Und weil Helges Kanadier in etwa so fertig aussah, als wären da schon Generationen von Indianern mit rumgepaddelt, war sein Gedanke, dass da eh keiner mit einsteigen würde. Hübsch allein wollte er die 32 Kilometer die Ardèche runterpaddeln. – Falsch vorgestellt, nicht gründlich nachgerechnet hatte der Helge.

Und Thalia in ihrem Kajak? Hübsch vielleicht, allein dann aber auch nicht mehr, weil da musste dann eben Judith Schrader einsteigen. Was Thalia höchst brechreizend fand und da hatte sie mal was gemeinsam mit Judith. Die fand Thalia auch zum Kotzen. Aber da war dann eben nichts mehr zu machen. … einfach nicht auf Zack gewesen. Alle fünf nicht. So sah's aus.

Dann: 2 Lehrkörper, 29 Schüler und Schülerinnen legten endlich ab und paddelten los. … oder präziser: Eine Armada von dahineiernden Anfängern kenterte ihrem Ziel entgegen.

Weil: Kanu fahren! Das ist jetzt nicht die ganz große Kunst. Aber wenn du zum ersten Mal mit so einem Ding unterwegs bist und dann auch noch auf der Ardèche? Da stehen die Chancen nicht schlecht, dass du schon in der erstbesten Stromschnelle eine halbe Eskimorolle* hinlegst.

Nahezu die komplette Gurkenflotte versank in der erstbesten Stromschnelle!

… nicht unter den Gekenterten: Thalia und Judith. Erstaunlicherweise! Ausgerechnet die beiden Ladys, die sich wirklich nicht ausstehen konnten, wurden zu echten Teamplayern.

»Jetzt links. Nur *links* paddeln! – Sauber! Und jetzt: Paddel hoch«, befahl Thalia von hinten und Judith vorn gehorchte. Weil Judith konnte eine echte Zicke sein, aber blöd war sie nicht. Judith war die absolute Überfliegerin, Klassenüberspringerin, fünfmalige Gewinnerin bei Vorlesewettbewerben … und, und, und. Judith, nicht blöd also, gehorchte, weil sie kapierte, dass Thalia es draufhatte. Und ich sag dir: Thalia war ein echtes Naturtalent. Geschickt steuerte sie das *Dreamteam*-Kanu an den Felsen vorbei, drückte das Paddel in den richtigen Momenten gefühlvoll gegen die Strömung und brachte es sauber durch die erste Stromschnelle.

»Das habt ihr wirklich toll gemacht! ***Ganz, ganz*** toll!«, lobte Bärbel Westerhoff, ihre Lehrerin also, die beiden Schülerinnen, als hätten die nicht mehr alle Latten am Zaun. Vor der kompletten Meute! Peinlich!

Dass ihr Klassenlehrer, Kai Schindler, einfach nur nüchtern feststellte, dass die Gruppe ja jetzt vollständig sei, hätte ihnen eigentlich nur recht sein können. Und das war es auch. *Judith* jedenfalls! Aber Thalia war vollständig enttäuscht, dass der Schindler sie nicht einmal beachtete. Weil: Thalia war verliebt! In Kai Schindler, ihren Klassenlehrer!

Und da kann ich dir echt nicht sagen, warum und wieso. Okay, Thalia ist 17. Da kann man schon mal Gefühle kriegen. Aber mein Gott: für den eigenen Klassenlehrer, der rund 20 Jahre älter ist? *Echte Gefühle?* Ich weiß nicht.

… was ich weiß, dass das jetzt gerade mal nicht die ganz große Rolle spielt. Später dann schon noch, weil da kommt ja auch immer eins zum anderen, aber Rolle spielt jetzt erst mal: *Fynn!*

Der saß mit Cem und Helge in dem guten, alten Kanadier. Genauer jetzt: Sie saßen *wieder* in dem Kanadier. Die erstbeste Stromschnelle hatten sie mit dem wackligen Teil natürlich auch voll versemmelt oder wie Cem vorn sitzend feinsinnig resümierte: »Mädels! Wir haben es verkackt! Aber voll!«

»Hm …«, antwortete Fynn in der Mitte und Helge von hinten antwortete gar nichts und dann eierten alle drei schweigend mit ihrem Kanadier weiter die Ardèche hinunter. Durch die schönste Gegend, die du dir vorstellen kannst. Und wenn dir die Vorstellung fehlt: Denk dir eine hügelige Landschaft. Felsen hier, Bäume da und Blumen und Gräser dort, die einen Geruch verströmen, dass du glaubst: Ich bin in einer 50-Gramm-Packung *Kräuter der Provence*, die man bei EDEKA für 3,99 Euro kaufen kann.

Fynn sah und roch das alles, was du dir jetzt vielleicht denkst, und er dachte: Fuck!

Das ist nicht fein, dass er so dachte, aber irgendwie auch verständlich, weil: Fynn hatte von Anfang an *null* Interesse an dem Trip nach Südfrankreich. *Schulabschlussfahrt* nannte es sich. *Spackenklassenirrfahrt* nannte es Fynn. Fünf ganze wertvolle Jahre seines Lebens hatte er mit diesen Idioten verbracht. In einer Klasse. Und nun sollte dieses Elend künstlich um zwei Wochen verlängert werden?! Wozu?

Was jetzt wirklich ein bisschen ungerecht war, dass der Fynn so dachte, weil: Es sind *nicht nur* Idioten in seiner Klasse. Das wusste er auch selber. Jasper und Konrad zum Beispiel. Du erinnerst dich: Fynns Kumpels im Kajak. Die waren in der Fünften okay und sind es heute, fünf Jahre später, immer noch.

Aber denk dir Typen wie Boris Hartmann. Boris Hartmann kennst du jetzt nicht und ich sag dir gleich, dass ich persönlich nichts gegen ihn habe. Als der vor fünf Jahren an die Gesamtschule kam, war das sogar ein ganz lustiges Kerlchen. Aber ab der sechsten Klasse ist der – wie soll ich sagen – irgendwie mutiert. Und ab Klasse sieben war der Boris schon so ein dermaßen ausgewachsenes Arschloch, dass Fynn und der Rest der Klasse – inklusive Schindler – sich heimlich wünschten, dass Boris doch endlich sitzen bleiben möge … und die fünf bis sechs anderen Arschkrampen bitte auch! War aber nicht. Anderes Thema. Weil Boris Hartmann und sein Arschkrampen-Sextett spielen hier nicht die *ganz* große Geige.

Geige spielt, also Thema ist: Fynn Dreyer! *Der* hatte einfach keinen Bock auf die Schulabschlussfahrt. Die Schule war für ihn eh gelaufen und nach den Sommerferien stand für ihn etwas komplett anderes auf dem Plan: *der Ernst des Lebens!* In Form einer Ausbildung zum Mediengestalter.

»Das ist vernünftig«, hatte sein Vater zu ihm gesagt. »Es muss ja nicht immer das Abitur sein«, hatte seine Mutter zu ihm gesagt und Fynn hatte gar nichts gesagt und nur genickt. Weil, was hätte er auch sagen sollen, mit einem Abschlusszeugnis in der Tasche, das ihm persönlich nur eins sagte: Du bist Mittelmaß! Meister des Durchschnitts. King der mittleren Reife. – Und so fühlte sich Fynn auch. Als der fleischgewordene Max Mustermann ohne nennenswerte Eigenschaften.

Fuck!, dachte Fynn also noch mal ordentlich über alles nach, da auf der Ardèche, inmitten einer Packung Kräuter der Provence.

Und da wurde er gedanklich von Cem voll rausgerissen, weil der dann nämlich sagte: »Jungs, tut mir einen Gefallen!«

»Welchen?«, brummelte Helge nach einer Weile, Fynn schwieg und Cem antwortete: »Quatscht mich nicht zu!«

Helge verdrehte die Augen, paddelte stumm weiter und Fynn stöhnte Cem dann aber in den Rücken: »Was willst du hören, Aldemir?«

»Hey, es kann *sprechen*!«, machte Cem freudig überrascht, drehte sich zu Fynn um und grinste: »Vielleicht so was in der Art wie: *Mann, ist das eine abgefuckt geile Endgegend hier. Felsen und Bäume und der ganze bunte Krempel, wie geil ist das?!* – *So was* in der Art!?«

Fynn glotzte Cem müde an, atmete einmal tief ein und dann atmete er echt gelangweilt aus: »Mann–ist–das–eine–abgefuckt–geile–Endgegend–hier.–Felsen–und …«

»Wow! Wie geil ist das?!«, hauchte Helge da wirklich stark beeindruckt von hinten Fynn ins Geleier.

Fynn und Cem blickten über die Schulter zu Helge rüber und Cem zu ihm ganz enttäuscht: »Och Mööönsch, Straaatmann! Jetzt hast du den armen Fynn aus dem Konzept gebracht. Man darf die Leute einfach nicht immer unterbrech…«

»Ich meine *das* da, Aldemir. Halt einfach mal die Klappe und guck hin!«, unterbrach Helge Cem und zeigte auf das, was nun vor den dreien lag … oder *stand*?!? Der Kahn der Jungs war gerade um eine Biegung geeiert und sie trieben auf das zu, was Helge als Erster gesehen hatte: die *Pont d'Arc**. Eine gigantische Felsbrücke, an die 60 Meter lang und in etwa genauso hoch.

»Wow! Was für ein geiler Scheiß ist das denn?!«, entfuhr es Cem.

»Ich … ich weiß nicht«, wusste Fynn nicht.

»Es ist … … …«, suchte Helge nach geeigneten Adjektiven für dieses gewaltige Naturwunder.

»Es ist ein verfickter Berg mit Loch drin und jetzt macht euch vom Acker, ihr Pussys!«, fand Boris Hartmann klare Worte, als er mit seinem Kajak direkt auf die drei Jungs zusteuerte. Zusammen mit einem seiner … *Arschgeigenkumpels.* Hab gerade mal den Namen vergessen. *Günther* vielleicht, ich weiß nicht. Kann mir ja nicht alles merken.

Jedenfalls, Boris mit seinem … *Günther* voll und absichtlich auf die drei zu und Helge noch: »Hartmann, du dämliches Arschl…«, und dann ging der Rest von Helges Kraftausdruck mit ihm unter – und Fynn und Cem auch ganz klar mit –, weil Boris' Kajak den Kanadier voll gerammt und zum Kentern gebracht hatte.

Boris und sein Günther schmissen sich weg vor Lachen und dann paddelten die zwei aber auch schon auf die nächste Stromschnelle zu, die noch *vor* der Pont d'Arc lag.

»Pissnelken!«, knurrte der aufgetauchte Helge ihnen nach.

»Dämliche Pissnelken!«, ergänzte Cem.

»Dämliche Pissnelken mit einem Haufen Scheiße in der Birne!«, brachte Fynn es auf den Punkt.

»*Sprache*, Fynn Dreyer, *Sprache!* – Wie *oft* hat Herr Doktor Schindler das gepredigt?!«, ermahnte Judith ihn grinsend, die zusammen mit ihrer *Teamkollegin* Thalia exakt in dem Moment auf selber Höhe des *Kentertrios* angekommen war. Und exakt dort brachte Thalia das Kajak auch zum Stehen, indem sie mit ihrem Doppelpaddel gegen die Strömung arbeitete. Cool und schweigsam wie eine waschechte Indianerin.

»Ja, ja, Judith Schrader, echt witzig!«, stöhnte Fynn und machte sich mit Cem und Helge daran, den guten, alten Kanadier wieder flottzukriegen. Wofür sie ihn ans Ufer ziehen mussten, weil im Gegensatz zu den modernen Kajaks lief das Wasser da nicht automatisch raus.

Und weil die beiden Damen keine Anstalten machten weiterzupaddeln, meinte Cem filmreif zu Thalia: »Sorry, Baby, aber es ist zu spät für uns. Ich hab mich entschieden. Für die beiden Schwestern hier.«

»Auch lustig! Nä, ehrlich, Aldemir!«, brummelte Helge mit Daumen hoch und schob den entleerten Kanadier zurück in den Fluss.

Thalia rollte nur mit den Augen, weshalb Judith dem Cem dann klarmachte: »Wir warten hier einfach nur, bis die zwei *Herzbuben* da durch sind.«

»Welche Herzbuben?«, fragte Fynn.

»Sie meint die Pissnelken in der Stromschnelle!«, sagte Thalia dann doch mal was und nickte in Richtung Boris und seinem Freund, der vielleicht *Günther* hieß.

»Tz, tz, tz!«, schnalzte Judith mit erhobenem Zeigefinger ob der Sprache.

»Das kann aber dauern!«, schätzte Cem die Lage richtig ein, weil sich die zwei Herzbuben mit ihrem Kajak soeben zwischen zwei Felsen ganz blöd verkeilt hatten. Quer zur Strömung.

Und da ruckelten und zappelten sie nun herum und beschimpften sich gegenseitig, während vier weitere *Herzbuben* – also auch Freunde von Boris – unwahrscheinlich cool an Fynn und den anderen vorbeipaddelten. Sonnenbebrillt und mit Bluetooth-Lautsprecher, aus dem die Bässe von irgendeinem … *Herzbuben*-Gangster-Rap wummerten.

»Today is Pissnelkenday!«, grinste Helge, als er, Fynn, Cem und die beiden Ladys zusahen, wie die zwei Kajaks nun auf Boris und Günther zurollten. Unaufhaltsam auch. Und …

… an der Stelle muss ich einen knallharten Szenenwechsel einbauen, weil wen man nicht vergessen darf in der Geschichte, die ich dir hier erzähle, das ist Kai Schindler. *Doktor* Schindler, um genau zu sein. Den Titel hat er sich in Literaturwissenschaften geholt. Und warum er dann Gesamtschullehrer geworden ist, das ist auch mal interessant. Erzähl ich dir alles, aber jetzt nicht, weil …

… Szenenwechsel: Während nämlich Thalia, Judith und Fynns Crew von *oberhalb* zusahen, wie sich die drei Kajaks des mördercoolen Boris-Hartmann-Sextetts ganz blöd in der Stromschnelle ineinander verkeilten, beobachtete *Herr Doktor* Schindler dieselbe Szene aus einem anderen Blickwinkel. Er, seine Kollegin Bärbel Westerhoff und der Rest der Flotte versammelten sich nämlich bereits *unterhalb* der Stromschnelle am Ufer vor der Pont d'Arc und warteten auf Vollzähligkeit.

3

»Ihr müsst aussteigen, Jungs! Aussteigen«, rief Bärbel Westerhoff den verkeilten Jungs zu, was diese aber nicht hörten, weil der wummernde Bass ihres Bluetooth-Lautsprechers ihr helles Stimmchen übertönte.

Und dann wär's eh egal gewesen, ob sie den Tipp von der Westerhoff gehört hätten oder nicht, weil im nächsten Moment alle drei Kajaks endgültig dem Druck der Strömung nachgaben, kenterten und die Jungs unter sich begruben. Samt mördercooler Sonnenbrillen und einem rappenden Bluetooth-Lautsprecher, der noch einmal *Motherf…* von sich gab, und dann war Ruhe.

»Der Herr hat's gegeben, der Herr hat's genommen«, sprach Kai Schindler mit feierlicher Grabesstimme neben seiner Kollegin.

»Kai, ich bitte dich!«, rügte *die* ihn und da tauchten auch schon wieder ihre sechs *Lieblingsschüler* japsend an der Wasseroberfläche auf.

»Der Herr hat noch Pläne mit den Wichsern!«, grinste Kai Schindler und Bärbel Westerhoff verkniff sich ihr eigenes.

Und im nächsten Moment rauschten aber auch schon Thalia und Judith mit ihrem Kanu durch die Stromschnelle auf sie zu.

»Ja, gut so, Mädels! Jetzt links rüber. Genau! Super! Ganz, ganz toll!«, dirigierte Frau Westerhoff die beiden quietschvergnügt durch die Schikane, was sie sich aber echt hätte sparen können, weil – ich sag dir noch mal: Thalia hatte es drauf!

Während Judith Thalias knappen Anweisungen folgte, steuerte sie selbst den Zweier geschmeidig durch das Wildwasser, ohne auch nur einen Felsen zu touchieren.

»**Suuupi!**«, lobte die Westerhoff ihre beiden Schülerinnen noch einmal oberpeinlich, als sie das Ende der Stromschnelle erreicht hatten.

Und – natürlich – ein Großteil der Meute stimmte oberalbern brüllend mit ein und einige Mädels taten so, als würden sie sich vor lauter Begeisterung die Haare rausreißen, und kreischten: ***O my God! O my God! O my fucking God!!!***

»*Wiiie* lustig!«, stöhnte Judith in ihre Richtung.

Thalia hinter ihr sagte gar nichts und guckte so flüchtig wie möglich immer wieder zu Kai Schindler rüber. Aber der registrierte sie nicht einmal. Kai Schindler stand einfach doof am Ufer rum und hatte nur Augen für Boris und seine fünf Freunde. Also er sah ihnen versonnen dabei zu, wie sie verzweifelt nach ihren mördercoolen Sonnenbrillen und einem kaputten Bluetooth-Lautsprecher tauchten.

»Hier rüber, Mädels«, lotste Bärbel Westerhoff Thalia und Judith dann ans Ufer.

Judith, vorn sitzend, schaufelte mit dem Paddel dann auch brav das Kajak in Richtung Ufer, aber Thalia saß nun mal hinten. Und wer in einem Kajak hinten sitzt, hat praktisch gesehen die Macht. Vorn wird geschaufelt, hinten gelenkt, so sieht's aus. – Thalia steuerte das Kanu in die Flussmitte.

»W… was soll das?«, fragte Judith.

»Der … ***die*** können mich alle mal. Wir paddeln weiter!«, knurrte Thalia und paddelte weiter.

»Okayyyyy?!?…!«, verstand Judith nichts, warf dann aber noch einmal einen Blick zu den nervig kreischenden Endzicken am Ufer rüber und dann machte sie das, was sie mit Thalia *in einem Boot* am besten konnte: gehorchen!

Die beiden paddelten unter der wirklich beeindruckenden Pont d'Arc hindurch und weiter stromabwärts. Judith ein wenig aufgeregt bis heiter, Thalia finster.

»Kommt zurück! Mädels! Was soll das? Haltet an!«, hörte Thalia hinter sich Westerhoffs helles Stimmchen aus der Meute heraus. Nur eine Stimme fehlte. Eine Männerstimme. Die von *ihrem* Kai.

Und da kann ich dir auch nicht genau sagen, was Thalia sich vorgestellt hatte. Vielleicht, dass der Kai in die Fluten springt, ihr hinterherkrault und sich die Seele aus dem Leib brüllt: ***Thalia, mein Alles! Verzeih mir! Ich vermisse dich! … Jetzt schon nach 43 Sekunden!*** Vielleicht so was in der Art?!? Ich weiß es einfach nicht.

Fakt ist: Kai Schindler stand einfach nur am Ufer und meinte zu seiner Kollegin: »Lass gut sein, Bärbel. Hinter der nächsten Ecke warten die eh. Du kennst die Mädels doch. … insbesondere *Thalia*!«

Und da hörte Bärbel Westerhoff auf, den *Mädels* hinterherzurufen, guckte ihren Kollegen an und wusste ganz klar, was er meinte: Thalia konnte echt nerven. Fünf Jahre lang war sie mit solchen Machtspielchen dem kompletten Lehrerkollegium regelmäßig auf die Nerven gegangen. Der Trick war, sich einfach nicht drauf einzulassen. Wer's trotzdem tat, hatte schon verloren. – Seltsam fand Bärbel Westerhoff nur, dass ausgerechnet Judith Schrader ganz offensichtlich freiwillig das Spielchen von Thalia mitspielte. … *sehr* seltsam war das.

Jedenfalls, die Kollegen waren sich einig: cool bleiben, durchatmen und sich auf keinen Zicken-Quatsch einlassen.

… was vom Prinzip her vermutlich genau das Richtige war, nur in dem Fall würde ich persönlich denken: Fehler! *Mächtig* großer Fehler!

Egal erst mal, weil, pass auf: Der Schindler widmete sich wieder seinen Herzbuben und tat sehr verständnisvoll, als einer von denen ihn ganz bedröppelt durch seine wiedergefundene Spiegelbrille anglotzte, in der aber das linke Glas fehlte.

»Jetzt sieht er ein bisschen so aus wie der behinderte Bruder von der Fliege Puck aus *Biene Maja*«, nuschelte er zu Bärbel Westerhoff rüber und die rammte ihm ihren Ellenbogen fröhlich kollegial in seine Rippen.

Und da trieb endlich auch das letzte Kanu aus der Stromschnelle auf sie zu. Der Kanadier. … rückwärts irgendwie. Wobei man bei einem Kanadier immer schwer sagen kann, wo da vorne und hinten ist. Aber Helge saß jetzt vorn, Cem hinten und beide mit dem Rücken zur Fahrtrichtung. Fynn sah man gar nicht, weil der nämlich gleich bei der ersten Kollision mit einem Felsen nach hinten gekippt und mit seinem Kopf zwischen Helges Oberschenkeln gelandet war.

»… Boot Nummer fünfzehn! Okay, vollzählig!«, registrierte Kai Schindler und da sah er aber, dass Cem und Helge einfach weiterpaddelten, an allen vorbei, unter der Pont d'Arc durch und weiter stromabwärts.

»Anhalten, verdammt!«, rief er seinen Schülern hinterher.

»Äy, *Doc*, geht nisch, äy!«, dönerte Cem zurück. **»Mussen wir Perserkatze retten und Schrader dem sein Juditt, äy!«**

»*NICHT* witzig, Cem Aldemir! Komm zu…!«, brüllte Schindler noch mal und da legte Bärbel Westerhoff ihm aber ihre Hand auf den Arm und meinte: »Lass gut sein, Kai. Hinter der nächsten Ecke! … du weißt schon: *Cem!*«

Und da wusste diesmal Kai Schindler *extrem* genau, was seine Kollegin meinte, weil: *Cem!* Der Knabe spielte keine Machtspielchen. Er war der *King* aller Machtspielchen. Das war dem kompletten Lehrerkollegium klar. Jedenfalls wurde gemunkelt, dass Cem es innerhalb von fünf Jahren fertiggebracht haben soll, gleich drei Lehrer in den Ruhestand zu *burnouten*.

»… geht klar. Verstehe!«, verstand also Kai Schindler seine Kollegin Bärbel Westerhoff richtig und *beide* vertrauten darauf, dass *sämtliche* verhaltensauffälligen Schüler hinter der nächsten Ecke warten würden. Was vom Prinzip her auch wieder alles top war, als Lehrer so zu denken, aber ich zähl mal zusammen: Fehler Nummer zwei!

4

»Nicht witzig, Cem Aldemir! Komm zu…«, hörte Fynn den Schindler gedämpft rufen und dann war Stille. Leicht benommen lag er nach seinem sportlichen Fallrückzieher immer noch mit seinem Kopf zwischen Helges strammen Schenkeln … und es gefiel ihm irgendwie.

… also der ungewöhnliche Blickwinkel, aus dem er nun die Welt sah, *der* gefiel ihm. Sie trudelten unter der Pont d'Arc durch und das domhohe Felsengewölbe schob sich langsam zwischen Fynn und den Morgenhimmel. Dieser gigantische Blick! *Cinema-Widescreen* – nichts dagegen. Und der Soundtrack erst: Stille! Die gefiel ihm auch. Diese wunderbare Stille mittels Helges Schoß, der Fynns Ohren von der Außenwelt abschirmte.

»Dreyer, wär jetzt echt cool, wenn du deine Birne aus meinem Schritt nimmst. Das stört mich!«, drang Helges Stimme zu Fynn durch und da richtete er sich natürlich *sofort* wieder auf.

Und *sofort* war die Welt wieder ganz die alte. Voll im Fluss und aktuell auch stressig laut, weil sie gerade an einem dicht belegten Flussufer vorbeipaddelten. Frauen schrien, Hunde bellten, Kinder weinten …

… und von hinten maulte Helge: »Aldemir, das ist total bescheuert. Lass uns umdrehen!«

»Nix!«, haute Cem raus und pflügte weiter wie besessen mit seinem Stechpaddel durch die Ardèche.

Und Fynn, dem seit seinem tollkühnen Backslide in der Stromschnelle tatsächlich ein paar Infos fehlten, fragte: »Worum geht's?«

»Jesses!«, seufzte Helge von hinten und Cem von vorne ein bisschen irre: »Wir haben einen Auftrag! Die schöne Thalia retten … und dem ihre weiße Schwester.«

»***Deren*** Schwester!«, korrigierte Helge.

»***Deren*** – auch schön!«

»Hast du was geraucht?«, fragte Fynn.

»Noch nicht!«, antwortete Cem.

»Das ist Kinderkacke. Lass uns umdrehen!«, meinte Fynn und Helge darauf: »Yep! Mein Reden!«

»Ich kann nicht!«, konnte Cem nicht und paddelte weiter.

»Cem, du bist irre!«, stöhnte Fynn.

»… komplett gestört!«, ergänzte Helge.

»Ich weiß!«, grinste Cem nach hinten.

Fynn sah sich achselzuckend zu Helge um, der hob genauso fragend die Schultern an und …

… dann paddelten sie mit. Und ganz klar: Natürlich war das total bescheuert, es war Kinderkacke. Thalia und Judith mussten nicht gerettet werden. Die beiden Ladys kamen sehr wohl alleine klar. Das wussten Fynn, Helge und selbst Cem. Schwer zu erklären also, was die Jungs genau antrieb. Vielleicht so eine Mischung aus purer Langeweile und Jagdinstinkt und in Cems Fall ein Haufen Fortpflanzungshormone.

Jedenfalls: Der Ehrgeiz war geweckt, als die drei *Jäger* mit ihrem Kanadier ziemlich unsportlich um die nächste Flussbiegung eierten und dort *ihre Beute*, Thalia und Judith also, entdeckten. Was jetzt nun wirklich keine Meisterleistung war, dass die Jungs tatsächlich aufgeholt hatten. Thalia und Judith standen mit ihrem Kajak schlicht im Stau. Vor einer weiteren Stromschnelle. Wegen all der anderen Kanufahrer, die da natürlich auch durchmussten, und …

… da sag ich dir jetzt mal eins: *Wenn* du mal vorhast, an die Ardèche zu fahren – und das solltest du, weil es wirklich ***richtig*** schön da ist –, dann mach das in der Nachsaison, weil Hauptsaison: nicht *ganz* so schön! Da paddelst du die Ardèche runter und da kannst du sie streckenweise auch nur erahnen, weil du vor lauter Kanus kein Wasser mehr siehst.

… Hauptsaison: Thalia und Judith steckten im Stau!

»**Da!** Da sind die Chicks!«, entdeckte Helge die beiden Mädels als Erster.

»Gesehen!«, bestätigte Fynn.

»Ja, wo denn?«, suchte Cem den Kanustau ab.

»Drei Strich steuerbord voraus!«, haute Helge raus wie ein Seemann. … genauer: wie ein *Walfänger*, weil Helge hatte da eine Szene aus einem Filmklassiker im Kopf, in dem es in der Hauptsache darum geht, dass ein mächtig durchgeknallter Kapitän namens Ahab einen riesigen weißen Pottwal jagt – *Moby Dick!* … andere Geschichte. Jedenfalls: Käpt'n Aldemir glotzte nach links, wo es nichts zu sehen gab.

Fynn rollte mit den Augen und Helge brachte Cem auf den neuesten Stand: »*Steuerbord*, Mann! Das ist *rechts*!«

»Bei Allah, woher soll ich das wissen?!«, zickte Cem.

»Man *könnte* es wissen!«, zickte Walfänger Stratmann zurück.

»Ist doch auch wohl scheißegal jetzt. Wir paddeln rechts rüber und gut ist!«, schlug Fynn leicht genervt vor.

»Yep! Das ist clever!«, meinte Helge, Cem nickte und alle Mann legten sich in die Riemen und steuerten den Kanadier … *links* rüber.

»*Steuerbord*, Aldemir, *steuerbord!*« und **»Ja, verdammt! Ich bin nicht blöd, Stratmann!«** und **»Jetzt macht doch was!«** und **»Ja, wie denn, Dreyer?!? Hier sind überall Strudel … und so was«**, hörten Thalia und Judith die drei Abenteurer zanken, während sie von dem Stauende her deren spektakuläres Manöver beobachteten.

»Jungs, was habt ihr vor?«, rief Judith zu ihnen rüber.

»Euch retten!«, rief Cem zurück.

»Das ist Kinderkacke!«, rief Thalia.

»Mein Reden!«, rief Helge und Fynn: **»Scheiße! Scheiße! Scheiße!«**, weil der Kanadier mittlerweile seinen eigenen Weg in die Stromschnelle gefunden hatte. Rückwärts wieder! Durch die *linke* Passage der Stromschnelle, die etwas anspruchsvoller war als die rechte.

… in der Zielgeraden wurde die komplette Crew von ihrem eigenen Kanu überholt.

Während Fynn, Cem und Helge den Kanadier, die Paddel und eine schlampig verzurrte Plastiktonne im Kehrwasser unterhalb der Stromschnelle einsammelten, rauschten die Kanus links und rechts an ihnen vorbei. Und am Ende schossen Thalia und Judith auf sie zu.

»Platz da!«, rief Judith – und Thalia gab alles, um auszuweichen, aber da war nun wirklich nichts mehr zu machen. Das Lady-Kajak titschte leicht Cems Kopf und rammte den Kanadier voll. Die beiden Mädels kenterten und Cem brabbelte: »Auftrag erledigt!«

Dann schwammen sie alle ans Ufer. Die Jungs mit ihrem Kanadier ans linke und die schwer genervten Mädels mit ihrem Kajak ans rechte. Also aus Fahrtrichtung gesehen. Zwischen ihnen rund 20 Meter Ardèche. Vielleicht waren's auch 25. Ich hab nicht nachgemessen.

»Ihr seid so … ***dämlich!*** **Unfuckingbelievable dämlich seid ihr!«**, brüllte Thalia zu den drei Helden rüber.

»Sprache, Spatz, Sprache!«, rief Cem bestgelaunt zurück.

»Fick dich, Aldemir!«, sprach Thalia.

»Das ist keine Basis für ein vernünftiges Gespräch!«, meinte Cem noch mal und Judith darauf: **»Was daran liegt, dass wir keines suchen!«**

»Mit dir spricht ja auch keiner!«, mischte Helge sich ein.

»Was mischst du dich da ein?!«, wollte Thalia nicht wirklich wissen.

»Und wer hat ***jetzt*** **mit** ***dir*** **gesprochen?!«**, stellte Helge ihr eine Frage, die auch keine war, und …

… so ging das immer weiter. Fynn hielt sich raus, zog den Kanadier komplett ans Ufer und drehte ihn um, damit das Wasser ablaufen konnte. Das hatte er mittlerweile richtig gut drauf.

Ich werde Kanadier-Entwässerungstechniker. Genau mein Ding, das sollte auch mit *mittlerer Reife* klappen, dachte er, und da war Fynn auch schon wieder voll in seiner trüben Spur beim Ernst des Lebens und dass *der* nach den Ferien nervig vor der Tür stehen und wollen würde, dass aus ihm ein vernünftiger Mediengestalter werde, was ja nun auch mal wirklich kein schlechter Job ist, und da war er seinen Eltern eigentlich auch echt dankbar, dass die ihm den Ausbildungsplatz besorgt hatten bei *Mediatec* oder *Mediamac* oder *Mediatecmac* oder wie auch immer die Firma hieß, die ausgerechnet dem Vater von Helge gehörte, und da musste Fynn ganz automatisch zu Helge hochglotzen und immer weiter und weiter denken, dass der Helge eines Tages die Firma übernehmen und sein Boss sein würde, und da wusste Fynn auch nicht, was er *davon* halten sollte, weil Helge konnte echt ein Arsch sein, was ja auch ein Grund mit war, warum er ihm fünf ganze Jahre erfolgreich aus dem Weg gegangen war und …

»Was ist?«, riss Helge Fynn etwas irritiert aus seinen Gedanken, weil der ihn immer noch gedankentrübe anglotzte.

»Nichts, Boss … äh … *Helge*! Nichts ist!«, antwortete Fynn.

Helge stutzte und da brüllte er aber auch schon wieder zu Judith rüber: **»Und überhaupt mal: Kinderkacke ist ja wohl, dass *ihr* abgehauen seid! So sieht's aus!«**

»**Sehr gut, Stratmann, sehr gut!**«, pflichtete Cem ihm bei.

»**Kinderkacke ist, wenn drei unterbelichtete Bubis ...**«, holte Judith zum Konter aus und brach dann aber ab, weil sie aus der Ferne ein Rufen hörte.

»**Judiiith! Thaliiia! Ceheeem! Helgeee!**«, hallte es schwach von stromaufwärts zu ihnen rüber. Da war noch keiner in Sicht, aber klar: Es waren ihre Leute, die noch vor der Flussbiegung waren und nach ihnen suchten. Und ...

... exakt an dieser Stelle könnte so eine Geschichte auch ganz normal enden: Die Mädels auf der einen Seite, die Jungs auf der anderen klettern alle zusammen brav in ihre Kanus, paddeln der rufenden Meute entgegen, Meute freut sich – Punkt und Ende.

Ding ist: Exakt hier fängt die Geschichte erst richtig an.

»**Judiiith! Thaliiia! Ceheeem! Helgeee!**«, hörten sie die Rufe vor der Flussbiegung noch mal einen Tick deutlicher. Und da guckten sich Thalia und Judith stumm an, vielleicht zwei oder drei Sekunden lang, und dann – extrem wendungsreich jetzt – stürzten sich beide wie verabredet auf ihr Kajak und verschwanden mit ihm hinter dem nächsten Busch.

»Ja, und was soll der alberne Scheiß jetzt wieder?«, fragte Helge Cem und Fynn auf der gegenüberliegenden Uferseite.

»Was weiß ich«, wusste Fynn nicht. »Vielleicht müssen die ja mal pinkeln oder so was.«

»Ins Kajak, oder was?!«, fragte Cem.

»Ja, was weiß ich«, wiederholte Fynn.

»Alberner Scheiß!«, wiederholte Helge.

»Judiiith! Thaliiia! Ceheeem! Helgeee!«, wiederholte die näherkommende Meute, die aber immer noch hinter der Flussbiegung war.

Warum rufen die eigentlich nie meinen Namen?, fragte Fynn sich da und Cem, der alte Gedankenleser, haute raus: »Schon mal aufgefallen, dass die nie deinen Namen rufen, Fyhiiinnn?«

»Nein!«, log Fynn.

»Judiiith! Thaliiia! Ceheeem! Helgeee!«

»... Arschlöcher!«, knurrte Fynn, schnappte sich die Kordel vom Kanadier und schleifte ihn hinter ein paar Felsen.

»Ja, und was soll ***die*** Scheiße jetzt?«, fragte Helge genervt und Cem zu ihm: »Der, dessen Name nie gerufen wird, hat dieselbe Scheißidee wie die Ladys.«

»Das ist Kinderk...«, wollte Helge da noch mal ordentlich zum Ausdruck bringen, was er von alledem hielt, aber da hechtete Cem auch schon Fynn hinterher.

»Judiiith! Thaliiia! Ceheeem! Helgeee!«

Helge überlegte kurz, guckte zu Cem und Fynn rüber, verdrehte die Augen und seufzte: »Jesses!«, und ...

... stapfte zu den beiden rüber und versteckte sich ebenfalls hinter den Felsen.

Und da wackelte auch schon die komplette Flotte um die besagte Flussbiegung. Allen voran Bärbel Westerhoff und Kai Schindler in ihrem Kajak.

Und was hätte Thalia hinter dem Busch nicht alles drum gegeben, die Gedanken *ihres Kais* zu erraten, als sie zusah, wie er stumm an ihr vorbeipaddelte. Zusammen mit der quiekenden Westerhoff in ***einem*** Kajak. Kai hinten, Westerhoff vorne … *die alte Bitch*.

Ernst wirkte er in Thalias Augen … und attraktiv und unheimlich süß … und, und, und! Aber in erster Linie *ernst*. Sicher machte er sich nun Sorgen. Vielleicht gar nicht mal um Judith Schrader und die drei Spacken *vom anderen Ufer*, sondern um *sie*, Thalia. – Aber dann war er mit der Westerhoff und dem Rest der Flotte auch schon wieder an ihr vorbeigepaddelt und hinter der nächsten Flussbiegung verschwunden.

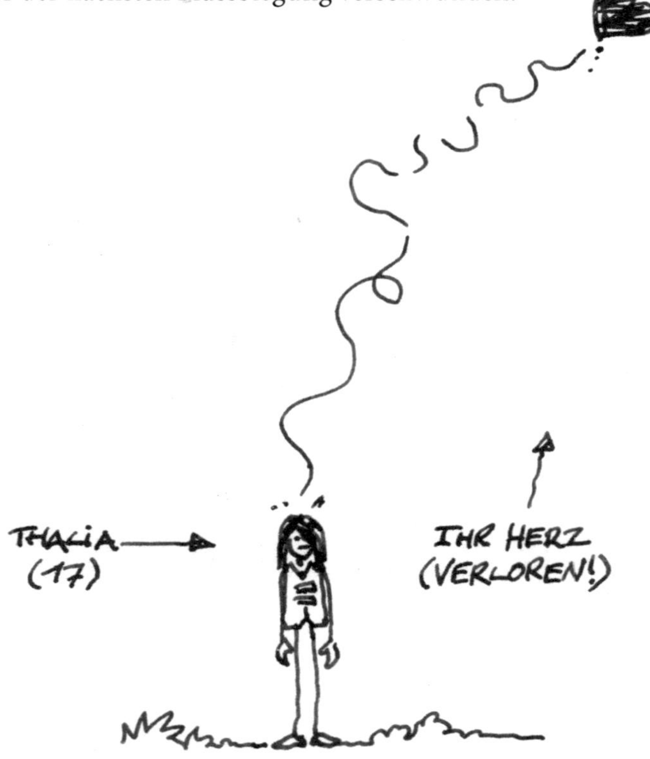

5

Möhnesee!, dachte Kai Schindler.

Möhnesee sagt dir jetzt vielleicht nichts, aber eins versichere ich dir: Es hatte rein gar nichts mit Thalia zu tun, als Kai Schindler an den Möhnesee dachte.

Der Möhnesee ist ein Stausee und liegt bei Soest im Sauerland. Überschaubar langweilig ist es da und exakt dorthin wollte Kai Schindler eigentlich mit seiner Klasse. Aber seine Klasse nicht mit ihm.

»Es ist schön dort!«, hatte Kai Schindler noch gesagt und die Klasse sagte: »Es ist scheiße da. Und außerdem waren wir schon zweimal da! In der fünften und in der achten. – Totale Scheiße!«

Worauf Kai Schindler witzelte: »Na und?! Aller guten Dinge sind drei!«

Da hat aber niemand gelacht, weshalb Kai Schindler nach einer Weile ins Grillenzirpen hineingefragt hatte: »Irgendwelche anderen Vorschläge?«

Und klar hatten seine Schüler Vorschläge. Von Paris war die Rede. Und von Amsterdam, London, Rom und …

… ich kürze ab: Am Ende hat er sich breitschlagen lassen, mit seiner Klasse an die Ardèche zu fahren. Von seiner Kollegin Bärbel Westerhoff dann aber. Später im Lehrerzimmer war das. Da hat die Gute ihm leidenschaftlich ins Gewissen geredet. Weil das ja auch für ihn schließlich ein schöner Abschluss mit den Schülern und der Schule wäre, bevor er sein Sabbatjahr antreten würde. Also die einjährige Auszeit, die Schindler tatsächlich durchbekommen hatte. Obwohl sein Chef nicht wollte. Rektor Ulbrich also. Dem ging dieser Schindler zwar mächtig auf die Nerven, weil sich der ja auch nie an die Lehrpläne hielt und immer sein eigenes Ding durchzog. Aber was Ulbrich eben auch wusste, dass Kollege Dr. Schindler verdammt kompetent war. … was wiederum auch Schindler ganz klar wusste. Aber so was von!

Und was aber *nur* Schindler wusste und sonst niemand: Er hatte nicht vor, nach dem Sabbatjahr zurückzukommen. – Fertig war er! Also jetzt nicht so burnouttechnisch wie die drei Lehrer-Opfer von Cem Aldemir. Kai Schindler hatte schlicht keinen Bock mehr, als Lehrer zu arbeiten, sich tagein, tagaus mit irgendwelchen lernschwachen Psychos herumzuschlagen …

… also seine *Lehrerkollegen* jetzt. Wobei ihm da auch klar war, dass die meisten von denen echt okay waren und einfach nur ihren Job machten. So wie die Westerhoff zum Beispiel. Aber da gab es eben auch ein paar amtliche Graupen im Lehrerkollegium. Und dass einige von denen sogar Deutsch und Geschichte unterrichten durften, so wie er selbst, empfand Schindler geradezu als Beleidigung. – Aber gut: Deppen findest du in jedem Job! Das wäre an der Uni nicht anders gewesen, wo er eigentlich seine Karriere durchstarten wollte. Als Literaturwissenschaftler. *Dafür* hatte er sich den Doktortitel hart erarbeitet, nicht für die Gesamtschule. Und warum er dann aber doch genau da gelandet ist, hat ganz stark mit Anne zu tun. Und mit Ingmar. Anne und Ingmar. Die beiden haben das

Leben von Dr. Kai Schindler gründlich umgekrempelt, aber …

… da komm ich dann später vielleicht noch mal drauf zurück.

Möhnesee!, dachte Kai Schindler jedenfalls, als er mit Bärbel Westerhoff in einem Kajak sitzend um die nächste Biegung paddelte und aus dem Blickfeld von Thalia verschwand.

Und was dann mal echt zum Schießen war, dass ausgerechnet Bärbel Westerhoff zu ihm sagte: »Möhnesee hätte es auch getan!«

6

Und als dann auch die Rufe nach den Verschollenen verhallt waren, knurrte Fynn hinter dem Felsen der Meute hinterher: »Arschlöcher! Dass denen das nicht auffällt?!«

»Dass denen *was* nicht auffällt?«, fragte Helge nach und Fynn leicht zickig zurück: »Dass da vielleicht ***noch*** einer fehlt? Ein Schüler namens ***Fynn***?«

»Wer ist Fynn?«, fragte Cem und Helge darauf: »Der war gut!«, und beide klatschten sich ab.

»Wie lustig!«, stöhnte Fynn und dann hoben alle drei ihren guten alten Kanadier an und schleppten ihn zum Wasser, um der Meute hinterherzupaddeln.

Und jetzt aber, interessant: Die Mädels am gegenüberliegenden Ufer machten *null* Anstalten, dasselbe zu tun. Sie streiften lässig ihre Schwimmwesten ab, zogen die nassen T-Shirts aus und hängten alles zum Trocknen über die Büsche. Ihre Bikinis behielten sie *natürlich* an.

»Ja, und was soll der Quatsch jetzt wieder?«, rief Helge zu den Ladys hinüber.

»Das sind Zeichen!«, antwortete Cem ihm. »Eindeutige Zeichen zur Paarungsbereitschaft!«, und über den Fluss hinweg verdammt selbstbewusst: **»Okay, Ladys! Habe verstanden! Ich komme!«**

Darauf riss er sich die Schwimmweste vom Leib, holte zum Sprung in die Ardèche aus und Thalia versprach ihm: **»Tu es, Aldemir, und ich reiß dir die Eier ab!«**

»Welche Eier?«, fragte Helge zurück.

Worauf Fynn nun grinste: »*Der* war gut!«, und Helge die hingehaltene Hand abklatschte.

»Ihr seid ja pervers«, meinte Cem.

»Das sagt ja mal der Richtige!«, grinste Helge ihn an und dann brüllte der aber auch schon wieder zu den Mädels rüber: **»Also was?«**

»Also was *was*?«, fragte Judith nach.

»Was der Quatsch hier soll?«

Aber da fiel zumindest der Judith so schnell nichts ein, was nicht irgendwie albern oder peinlich geklungen hätte. Weil, was hätte sie auch antworten sollen: *Ich war genervt von der Endzicken-Clique an der Pont d'Arc.* Oder: *Ich habe es satt, immerzu die Musterschülerin zu sein, die stets alles richtig macht.* Oder: *Ich finde es interessant und ehrlich gesagt auch ein bisschen aufregend, ausgerechnet mit Thalia Farahani eine derartig alberne Nummer durchzuziehen.*

Da könntest du jetzt alles ankreuzen, weil alles richtig, aber dass Judith auch nur einen dieser Gründe genannt hätte? Vor den drei Jungs? *Und* vor Thalia? – Das ging ja wohl gar nicht!

»Das geht dich einen echten Scheiß an, Stratmann!«, antwortete Thalia schlicht und ergreifend für sie.

»Danke!«, rutschte es Judith da spontan raus.

»Nicht dafür!«, grinste Thalia, hielt ihr die Hand zum Abklatschen hin und …

… Judith schlug ein. Etwas zu lasch und ein klein wenig unbeholfen. Aber immerhin: Sie traf Thalias halbe Hand.

Da hörten sie die Jungs dämlich geiern und Cem brüllte rüber: **»Das üben wir dann aber noch mal!«**

»Fick dich, Aldemir!«, bellte Thalia zurück.

»Ja, Herrgott! Wie oft denn *noch*?«, fragte Helge nach.

»Was – *Wie oft denn noch …?*«

»… Cem sich ins Knie ficken soll!«

»Nicht *ins Knie.* Einfach nur *ficken*!«, korrigierte überraschenderweise Vorlesewettbewerb-Queen Judith.

»Wen jetzt?«, wollte Cem, der alte *Hormonizer*, wissen und zwinkerte noch mal voll bescheuert zu den beiden Mädels rüber, worauf sie aber gar nicht mehr reagierten.

Thalia zog das Kajak aus dem Busch, löste den Spanngurt von der Plastiktonne, schraubte sie auf, kramte zwischen ihren Wechselklamotten rum und fischte ihr iPhone raus.

… keine neue Nachricht! Weder von ihren Mitschülern noch von Kai Schindler, der vor der Reise zur Sicherheit *sämtliche* Mobilfunknummern seiner Schüler auf seinem Smartphone abgespeichert hatte.

Und da kann ich dir aber auch nur sagen, dass Thalia mächtig enttäuscht war. Ansonsten: Ich hab wirklich keine Ahnung, was sie sich vorgestellt hatte. Dass Kai Schindler ununterbrochen versucht hätte, sie zu erreichen, um dann ihre Mailbox vollzuquatschen? – *Thalia, bitte! Ich brauche dich! Ich liebe dich! Ich bin paarungsbereit!*

War alles nicht. Natürlich nicht! Und geschrieben hatte er auch nicht.

… Thalia dann aber! *Sie* hatte *ihm* dann geschrieben. Eine WhatsApp!

Fynn auf der anderen Uferseite beobachtete, wie auch Judith ihre Plastiktonne aufschraubte. Sie kramte eine Decke heraus, breitete sie auf der Felsplatte am Ufer aus und dann – Premiere jetzt – legten sich *beide* Ladys darauf und badeten in der Sonne rum.

»Die sind ja nicht ganz dicht, sind die ja nicht!«, meinte Fynn.

»Yep! Höchst undicht sind die. Lass uns abhauen«, meinte Helge.

»… denn sie wissen nicht, was sie tun!«, murmelte Cem für Fynn in Rätseln, aber Helge kapierte sofort und fragte Cem: »Wow! Du kennst den Film?«

»Welchen Film?«, wollte Fynn wissen und Cem aber zu Helge: »Ja klar kenne ich den. *Denn sie wissen nicht, was sie tun* – mit James Dean, dem alten Jammerlappen. Ganz großes Kino. Vor Kurzem noch gesehen. Auf *Beate* oder wie der Kacksender heißt.

»*Arte!*«, korrigierte Helge.

»Meine ich ja«, meinte Cem und weiter: »War aber auch mehr so ein bescheuerter Zufall, dass ich den gesehen hab. Rumgezappt und dann bin ich da hängen geblieben. Wegen der nervigen Werbepausen bei den *Ninjas*.«

»*Das* sagt mir jetzt was. Die grundbescheuerten Legomännchen!«, wusste Fynn da auch mal was.

»Yep, total bescheuert! Enddebile Legokacke ist das«, wusste Helge.

»Ja und? Ich steh halt drauf. Und ich gebe es wenigstens zu, ihr Spaßbremsen«, machte Cem klar.

Und während Fynn einfiel, dass er noch vor einer Woche *rein zufällig* die *Augsburger Puppenkiste* im Fernsehen gesehen hatte, was er jetzt aber natürlich niemals zugegeben hätte, hörte er Helge neben sich sagen: »Ich guck manchmal noch bei *Heidi* rein!«

»So wie du das sagst, klingt das irgendwie echt pervers«, grinste Cem.

»Ich meine die *Zeichentrickserie*, du Arsch!«, machte Helge klar und grinste dann aber auch zurück, weil: Cem hatte bei

Helge soeben echte Pluspunkte gesammelt ... die ersten seit fünf Jahren oder so. Fakt war: Helge konnte mit Cem *nie* irgendetwas anfangen. Der war ihm einfach immer zu laut, zu stressig, zu machomäßig. Immer ganz vorne mit dabei und große Fresse. Nicht so wie der Endspast Boris Hartmann und seine stumpfe Herzbubengang. Das war mal klar. Aber ähnlich nervig. ... schwer zu erklären, das alles.

Wie auch immer: Cem hatte bei Helge erste Sympathiepunkte gesammelt, weil: *Kino!* Das war Helges Ding. Quasi echte Leidenschaft.

»**Okay, Ladys! Letzte Chance! Die Männer fahren jetzt! Mit oder ohne euch!**«, brüllte Macho Cem dann über den Fluss rüber.

»**Welche Männer?**«, brüllte Thalia prompt zurück.

Gekicher am Lady-Ufer und auf *Männer*-Seite war Schweigen ...

... also vielleicht für vier, fünf Sekunden oder so, und da brüllte Helge schon zurück: »**Auch lustig! Nä, ehrlich, Thalia Farahani! Zum Wegschmeißen komisch! Fakt ist: Wir fahren jetzt! Und wenn ihr den Anschluss verpasst ... eure Angelegenheit!**«

So geht *Chef*, dachte Fynn da ganz blöd beeindruckt an seine gemeinsame Zukunft mit *Junior-Chef* Helge Stratmann.

»**Wer sagt, dass wir den verfickten Anschluss überhaupt wollen, Stratmann?!**«, brüllte Thalia zurück.

»**Eure Angelegenheit! Wir fahren jetzt!**«, wiederholte Helge.

»**Tut, was ihr nicht lassen könnt. Wir bleiben!**«, rief Judith.

»**Warum?**«, wollte Cem noch mal wissen.

»Das geht dich einen echten Scheiß an!«, wiederholte Thalia und dachte an *ihren* Kai und an die Möglichkeit, dass der nun sehr verzweifelt zurückschreiben würde auf ihre WhatsApp, die sie ihm eben geschrieben hatte.

»Du wiederholst dich!«, bemerkte Cem.

»… weil du dir nichts merken kannst!«, konterte Judith, hielt Thalia nun eine Spur cooler die Hand zum Abklatschen hin, Thalia schlug grinsend ein und Judith, voll im Feuereifer, rief noch mal zu den Jungs rüber: **»… aber wenn ihr es genau wissen wollt: Wir brauchen keinen Anschluss, weil wir eh andere Pläne haben. Wir paddeln zum Mittelmeer!«**

Da hob Thalia in Richtung Judith leicht überrascht ihre rechte Augenbraue, aber die zwinkerte auch gleich zurück, um ihr klarzumachen, dass das natürlich nicht ernst gemeint war.

Aber am Männerufer war erst mal wieder Schweigen und das brach dann nach diversen Sekunden Fynn.

»Mittelmeer?! Das ist Bullshit!«, brüllte er und Cem gleich hinterher: **»Extremer Bullshit!«**, und Helge drauf: **»Bullshit prime! Das sind von hier aus an die 170 Kilometer. Das ist überhaupt nicht machbar, ist das ja nicht!«**, und …

… wenn ich jetzt noch mal ordentlich über alles nachdenke, muss ich sagen: *Hier* fängt die Geschichte erst richtig an! Weil da kommt ja auch immer eins zum anderen und dann verliert man leicht den Überblick.

Jedenfalls, extrem wendungsreich jetzt wieder, brüllte Thalia zurück: **»Für Pussys wie euch vielleicht nicht machbar, für uns schon!«**

Das *Pussyufer* schwieg, dachte nach und …

… blieb!

7

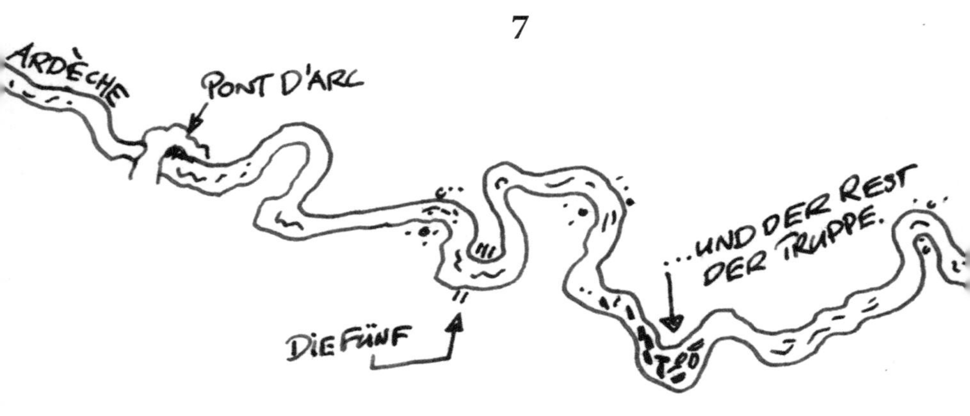

… und Kai Schindler, seine Kollegin und der Rest der Truppe paddelten immer weiter und tiefer in die Schlucht der Ardèche hinein. Alle miteinander hatten längst aufgehört, die Namen der verschollenen Schüler zu rufen. Vermutlich weil die Klasse eh dachte, dass die schon wieder auftauchen würden … oder vielleicht hatten sie die auch schon längst vergessen. So was geht ja schnell.

Wie auch immer: Man sparte sich die Brüllerei und Bärbel Westerhoff fragte ihren Hintermann Kai Schindler besorgt und leise: »… und wenn ihnen was zugestoßen ist?«

Worauf Kai Schindler antwortete: »… dann machen wir nach dieser Schulabschlussfahrt eine schicke Gedenkfeier in der Aula. Alle in Schwarz, Ulbrich hält eine Rede vor vier leeren Särgen, alle kämpfen mit den Tränen und dann – *pling, pling* – setzt die Schulband aber noch einen drauf und stimmt *Candle in the Wind* an. – Elton John! So was kommt immer gut an. Da bricht der komplette Saal heulend zusammen und …«

»… nicht lustig, Kai!«, bremste Bärbel Westerhoff ihren Kollegen aus.

Und da riss er sich auch halbwegs zusammen, der Kai, und versuchte es von der sachlichen Seite: »Okay, Bärbel. Ich meine, sicher weiß ich's auch nicht, aber ich schätze mal, dass die hinter uns sind. Flussaufwärts, nicht abwärts. Weil sonst hätten wir sie ja wohl schon längst eingeholt … schätze ich mal.«

»*Hinter* uns?!«, wiederholte Bärbel. »Das ist unlogisch. Weil da ***hätten*** wir sie ja eingeholt und vor allem gesehen.«

»***Nicht***, wenn sie sich vor uns versteckt haben«, traf Schindler blind ins Schwarze.

»Das glaub ich nicht! Das ist albern! Die sind *sechzehn* und nicht mehr *sechs*!«

»Ja, was weiß ich, dann haben sie sich halt in die Büsche geschlagen, um miteinander rumzumachen«, lag Schindler nun aber so was von komplett daneben.

»Wer macht mit wem rum?«, brüllte da überraschenderweise Boris Hartmann Schindler voll ins Ohr. Er und sein Kollege *Günther* waren mit ihrem Kajak unbemerkt auf Höhe des Lehrerteams angekommen.

»… äh«, fiel dem Schindler nicht so recht ein, was er darauf antworten sollte. Seiner Kollegin dann aber: »*Wildziegen*, Boris! Die hiesigen Wildziegen. – Paarungszeit, verstehst du?«

»Höhöhö, verstehe, Frau Westerhoff! Knick, knack! Paarungszeit! Fickificki! Höhöhö!«, verstand Boris fröhlich null und zog mit seinem ebenso gut gelaunten *Partner* an den beiden vorbei.

Und nach ein paar Metern, außer Hörweite der beiden Denkgranaten, murmelte Bärbel Westerhoff: »Dass der das tatsächlich bis zur mittleren Reife geschafft hat, ist mir immer noch ein Rätsel, Herr Kollege.«

»Mir auch, Frau Kollegin, mir auch!«, stöhnte Kai Schindler.

Und da kriegte er fast so etwas Ähnliches wie ein schlechtes Gewissen, weil er seiner Kollegin eben auch nicht verraten hat, dass er nach seinem Sabbatjahr nicht zurückkommen würde. Was er danach anfangen wollte, wusste er auch noch nicht so ganz genau. Vielleicht doch noch mal da anknüpfen, wo er damals aufgehört hatte? Unilaufbahn? Jetzt noch? – Da grübelte er jetzt wieder drüber nach, und weil da auch immer eins zum anderen kommt, dachte er wieder an Anne und Ingmar und weshalb er seine Unikarriere überhaupt hingeschmissen hatte. Dabei war wirklich alles verdammt planmäßig gelaufen. Kai Schindler hatte seinen Doktor hingelegt und dann wie ein Terrier an dem nächsten Titel gearbeitet. Professor wollte er werden. Und da schrieb er eben Tag und Nacht an seiner Habil. … also an der wissenschaftlichen Arbeit mit fünftausend Seiten … oder was weiß ich, wie lang so ein Aufsatz sein muss, bis die Uni sagt: Geht klar, Alter, du hast den Job.

Jedenfalls: Kai Schindler, der alte Terrier, schrieb und schrieb, bis dann eines Abends sein Kumpel Fred vor seiner Wohnungstür stand. Fred war Dozent für irgendwas an der Hochschule für Design. Und da war an dem Abend Party angesagt, zu der er Kai mitschleppen wollte.

Und der hatte erst ganz klar *Nein* gesagt, weil er Designerhochschulpartys echt langweilig fand, und dann hat er sich doch überreden lassen und ist mit. Und da wusste der Kai später auch nicht, ob das jetzt Schicksal oder so was war, weil auf der Party hatte er dann eine Designstudentin kennengelernt und die hieß Anne, und als er am nächsten Morgen neben ihr aufwachte, war sie schwanger. Mit Ingmar! *So* hatte sie den kleinen Racker neun Monate später getauft und Kai war erst dagegen und dann aber doch dafür, weil Anne nun mal alles liebte, was irgendwie schwedisch war. Maler, Dichter, Regisseure … alles. Kai war Schweden komplett egal, aber er liebte Anne und ganz klar seinen Sohn, und wenn sie ihn – um jetzt mal irgendwas zu sagen – *Günther* getauft hätte, wäre das auch kein Problem für ihn gewesen. – Problem war: Geld! Sie immer noch Designstudentin, er mit Doktor in der Tasche und Habil auf dem Rechner, von der man sich aber auch nichts kaufen konnte.

Und da dann die Entscheidung: Kai Schindler hat seine Unikarriere in die Tonne gehauen und ist Gesamtschullehrer geworden. – Nicht von jetzt auf gleich, klar, weil: Fortbildung hier, Abendkurse da, Bewerbungen dort … das ganze Programm.

Und dann, mal echt witzig, exakt in dem Moment, als Kai Schindler mit allem fertig war und dann tatsächlich zum allerersten Mal als amtlicher Gesamtschullehrer vor seinen Schülern stand, exakt in dem Moment schob seine Anne mit Ingmar im Babyrucksack vor der Brust ihren Einkaufswagen durch die Gänge vom EDEKA. Und an der Ecke *Waschmittel / Klopapier* kollidierte sie mit dem Einkaufswagen von … *Lasse Langström* oder wie der hieß. Keine Ahnung, wie der hieß. Auf jeden Fall: amtlicher Schwede. Anne hatte sich prompt in ihn verliebt und ist zu ihm nach Göteborg gezogen – Schweden also. Zusammen mit dem kleinen Ingmar. … ein paar Wochen später erst, auch klar.

Das war alles nicht wirklich witzig für Kai Schindler, aber als er erfahren hat, dass Annes neuer Lebensgefährte, der vielleicht auch *Kalle Blomquist* hieß, Professor für Literaturwissenschaften mit Lehrstuhl an der Universität Göteborg ist, da hätte er sich ja regelrecht wegschmeißen können vor Lachen.

… *Fack ju Göteborg!*, war Kai Schindler nun gedanklich ganz in Schweden angekommen, als er mit Bärbel Westerhoff und der Truppe durch die schönste südfranzösische Landschaft trieb. Vorbei an steil aufragenden Felswänden und dicht bewachsenen Ufern. – *Kräutermischung für 3,99 beim EDEKA* – nichts dagegen.

»Weißt du was, Kai? Wir trennen uns!«, zerstreute seine Kollegin da Kais Gedanken.

»Geht klar, Schatz. Du kriegst den Polo, ich das Haus!«

»Sehr witzig, Kai! Ich meine es ernst. Wir teilen die Gruppe auf«, schlug sie dann aber noch mal vor, weil sie meinte, dass das die Chancen erhöhen würde, die verschwundenen Schüler schneller wiederzufinden.

Kai Schindler dachte über die Idee nach und da hörte er plötzlich Boris Hartmann gut hundert Meter vor ihm brüllen: **»Ööööääääy, alter Schwede, äyyy! *LOL!* Guckt euch die Schwulette an! *LOOOL!*«**

»*LOOOL*«, grölte Partner Günther ebenfalls wahnsinnig wortgewandt mit und beide Herzbuben zeigten mit ihren Wurstfingern auf den zottelbärtigen Mann, der hoch oben auf einem Felsen stand und ganz versonnen Blockflöte spielte ... nackt auch.

Und da drehte Bärbel Westerhoff sich noch mal zu Kai um und meinte: »Vergiss die Idee! Wir bleiben hübsch zusammen und paddeln bis zum nächsten Rastplatz.«

Kai Schindler nickte, drückte sein Paddel in das Wasser und alle fuhren hübsch zusammen weiter die Ardèche hinunter. Begleitet von dem schrägen Blockflötengedudel des nackten Zottel-Freaks auf seinem Felsen. Und wenn man da mal etwas genauer hinhörte und jeden zweiten Ton gerade sein ließ, erkannte man, dass es die Titelmusik von *Pippi Langstrumpf* war.

Alter Schwede!, dachte Kai Schindler und – *Fack ju Göteborg* – war er auch gleich wieder gedanklich voll und ganz in Schweden.

8

Und zur selben Zeit, rund 2000 Meter flussaufwärts, war Thalia gedanklich voll und ganz bei *ihrem* Kai, dem sie dann auch gleich eine dritte WhatsApp geschrieben hat. *Diese* allerdings hat Kai Schindler dann aber auch nicht erreicht, weil sein Smartphone lag abgeschaltet in seiner Kanutonne rum. ... noch!

Aber egal erst mal, weil eins nach dem anderen: Thalia schickte ihre Nachrichten ins Nirwana und Judith lag neben ihr auf der Decke und hätte nur zu gern gewusst, wem Thalia da schon wieder schrieb. Aber da hatte Judith sich fein zurückgehalten und extra lässig in die andere Richtung geguckt und ...

... Thalia antwortete ungefragt: »Ich schreib meinem Vater.«

»... äh ... ah! Prima!«, sagte Judith leicht verdutzt und dachte selbstkritisch, dass sie unbedingt an ihrer Lässigkeit arbeiten sollte.

»Hmhmm! *Prima!* Da freut er sich«, war dann auch Thalias letzter Kommentar zu diesem Thema, weil *noch mehr* Bullshit wollte sie auf gar keinen Fall erzählen.

Und ich sag dir: Es war gleich zweifacher Bullshit, obwohl Kai Schindler rein rechnerisch gesehen locker ihr Vater hätte sein können. War er aber nun mal nicht. Thalias leiblicher Vater, Abbas Farahani, war Mitte 40 und turnte irgendwo in Deutschland rum ... wenn er nicht sogar wieder zurück in den Iran gezogen war. – Unklar. Da fehlen mir einfach ein paar Infos, aber: Thalia ganz klar auch! Weil die hat zu ihrem Vater seit fast drei Jahren keinen Kontakt mehr. Genauso wenig übrigens wie ihre Mutter, bei der sie lebt. Friederike Jeschke. Und dass *der* Name so kein bisschen iranisch klingt, liegt schlicht daran, dass Thalias Mutter vor rund zehn Jahren ihren amtlich deutschen Mädchennamen wieder angenommen hatte. – *Nach* der Scheidung, logisch! Die *kleine* Thalia selbst durfte ihren Namen behalten, weil die wollte auf gar keinen Fall auf einmal *Jeschke* heißen. – Das klingt alles höchst tragisch und war es vielleicht auch mal, aber – meine Güte – Mutter und Tochter kommen auch ohne Paps klar. Und mal ganz praktisch betrachtet: Die Wohnung, jetzt auch nicht unbedingt Traumlage, war für drei Personen eh viel zu klein.

Thalia hatte Judith also Bullshit erzählt, und warum sie überhaupt ihren Vater ins Spiel gebracht hat, da könnte man jetzt auch wieder wild rumspekulieren, aber lass ich jetzt einfach mal so stehen, weil erzählen wollte ich dir ja sowieso nur, was die beiden Ladys an ihrem Ufer als Nächstes taten, und das war: *nichts!*

Weshalb die *Pussys* vom anderen Ufer auch so gut wie nichts taten, außer darauf zu warten, dass sich bei den Ladys was tat.

»Kinners! Das wird jetzt richtig albern!«, brachte es Helge da auch irgendwie auf den Punkt und schielte wieder auf seine Armbanduhr.

»Wie spät?«, fragte Fynn ihn wieder.

»Zehn!«, antwortete Helge kurz und bündig und dann zählte er noch mal an seinen Fingern ab, wann sie ihr Ziel Saint-Martin erreichten, *wenn* sie *jetzt* ablegen *würden. – 17:00 Uhr*, das Ergebnis. Wobei Helge auch locker sechs statt sieben Stunden Fahrtzeit hätte berechnen können, aber da hat er sicherheitshalber noch den *Kenterfaktor* mit einkalkuliert. Großzügig gleich eine ganze Stunde.

»Entspann dich, Stratmann! Der Bus fährt um sechs. Wir haben Zeit ohne Ende«, meinte Cem und kramte weiter in seiner Kanutonne herum.

»Ich ***bin*** entspannt!«, log Helge und Fynn genauso genervt: »Jungs, wir hängen hier schon seit einer halben Stunde rum und bei den Chicks tut sich gar nichts. Lass uns abhauen!«

»Die Chicks liegen auf einer geblümten Stranddecke rum und sonnen sich. Das ist nicht *nichts*«, beobachtete Cem aber sehr genau.

Und dann fand er in seiner Tonne auch endlich, wonach er gesucht hatte: sein Zippo-Feuerzeug und eine original französische Schachtel *Gitanes Maïs* ohne Filter. *Natürlich* ohne Filter. *Mit* gibt es die Dinger, glaube ich, auch gar nicht.

»Gott, Aldemir, muss das jetzt sein?!?«, stöhnte Helge, als Cem die Packung aufriss, eine von den verdammt starken Zigaretten herausfummelte und sie sich ansteckte.

»Yep!«, antwortete Cem, nahm einen tiefen Zug und röchelte zu Ende: »Das … *röchel* … muss sein!«

Helge und Fynn sahen zu, wie aus Cems Gesicht der ganze schöne sonnenbraun-türkische Teint floss.

»Vom Rauchen kriegt man Krebs! Wusstest du das, Cem?«, brachte Fynn ihn da auf den neuesten Stand der medizinischen Erkenntnis.

»Ach? Jetzt ehrlich?«, fragte Cem extradoof nach, tippte fröhlich auf den Warnhinweis der Zigarettenpackung und erklärte: »Hier steht aber nur *Fumer tue* drauf. Keine Ahnung, was es heißt, aber es klingt lässig.«

»*Stirb langsam!*«, übersetzte Helge lässig und da hatte er natürlich die Actionfilme mit dem alten Haudegen Bruce Willis im Kopf, die genauso hießen.

»Ah! Siehst du?! *Bruce Willis!* Lässigkeit prime!«, wusste Cem erstaunlicherweise wieder ganz genau, worauf Helge anspielte, und der vergab einen weiteren Pluspunkt an Cem. Nur Fynn verstand mal wieder nichts, was dann aber auch komplett egal war, weil im nächsten Moment sah er, dass sich etwas tat am Lady-Ufer.

»Da tut sich was!«, informierte er die beiden Actionfilm-Fans.

»… uuuuuund *Action!*«, haute Helge dann auch raus, als die beiden Ladys extrem entspannt langsam ihren Kram samt Schwimmwesten zurück in ihre Kanutonnen stopften, diese wieder an das Kajak festzurrten und – startklar schließlich – unwahrscheinlich entspannt langsam lässig ablegten.

… und die Jungs auch. So langsam und lässig wie möglich, aber praktisch gesehen paddelten sie den Ladys doch sofort hinterher.

»Oh, schau mal, Judith. Die Pussys sind in Panik, weil sie ihren Bus verpassen könnten!«, sagte Thalia extradeutlich zu ihrer Kajakpartnerin, als die Jungs mit ihrem Kanadier tatsächlich irgendwann bis auf gut fünf Meter aufgeschlossen hatten.

Judith drehte sich um, spielte mit und grinste genauso deutlich zurück: **»Was geht uns das an, Thalia? Wir wollen doch zum Mittelmeer.«**

»So sieht's aus, Schwester! Leider keine Zeit für Panik-Pussys!«, setzte Thalia da noch mal oberdeutlich einen drauf.

Und da muss ich jetzt ehrlich sagen, dass Jungs – egal, wie alt – manchmal echt schlicht gestrickt sind und selbst auf die durchschaubarsten Provokationen reinfallen und knopfdruckartig reagieren wie ferngesteuerte 1-Byte-Roboter von Lego … um das jetzt mal irgendwie zu vergleichen.

Legomännchen Cem reagierte knopfdruckartig und brabbelte: **»Selber Panik-Pussys!«**, und Fynn schlau hinterher: ***»Ihr* seid vor uns los, nicht andersrum«**, und Helge kühn: ***»Wir* haben Zeit ohne Ende! *Wir* die Macher, *ihr* die Hühnchen! *So* sieht's aus!«**

Worauf Judith einmal glockenhell auflachte und dem Helge die Fakten um die Ohren haute: »Weshalb du in den letzten dreißig Minuten an die sechzigmal auf deine Armbanduhr geglotzt hast, um darauf ganz niedlich mit den Fingern die Ankunftszeit auszurechnen. Alles klar … ***du Macher!*«**

»Äh … … das stimmt jetzt *so* auch wieder nicht!«, konterte Helge unglaublich schlagfertig.

»Na ja, Stratmann. Wo sie recht hat …?!«, gab Fynn zu Bedenken und Cem nickte: »Es waren vielleicht auch *drei*undsechzigmal und verrechnet hat er sich auch.«

»Na toll. Fallt ihr mir noch in den Rücken, ihr Ärsche!«, brummelte Helge.

»Stark! Meuterei auf der *Pussy*!«, grinste Thalia, worauf Judith wieder kurz und glockenhell auflachte, was …

… dem Fynn irgendwie gefiel, und da war er selbst ein wenig überrascht, dass das so war, und auch, dass ihm in all den Jahren nie aufgefallen ist, wie *glockenhell* Judith Schraders Lachen war.

… aber im nächsten Moment hatte er sich auch gleich wieder im Griff und haute stumpf raus: »Echt lustig, Judith Schrader! – *Mittelmeer* geht da lang. – Haut rein und viel Glück!«

»Klare Ansage, Dreyer. Guter Mann!«, lobte Helge seinen zukünftigen Mitarbeiter.

Und Judith machte auch noch mal den Mund auf, um irgendetwas zu sagen, da wirbelte Cem aber plötzlich wild und witternd wie ein Drogenhund mit seinem Kopf herum und bellte: ***»Hanf!«***

Verdutzt schauten alle ihn an, hielten dann aber auch ihre Nasen in den Wind und tatsächlich: In der vollen Packung *Kräuter der Provence* lag ein hauchzarter Duft von Hanf. Marihuana also oder wie Helge auch wusste: »Yep! Das ist Gras. Feiner Riecher, Aldemir.«

»Es könnte aber auch Rosenwaldmeister sein. Das soll ja ganz ähnlich riechen«, tippte Judith ein bisschen naiv herum und Thalia meinte dann aber: »Schätzchen, es *ist* Gras!«, und zeigte auf die Quelle der feinen Duftwolke, die sie rund 200 Meter voraus am rechten Ufer als Erste entdeckt hatte.

Relaxed saß er da im Lotussitz auf seinem Felsen und inhalierte durch seine gefalteten Hände den Rauch einer glühend dampfenden Riesentüte Gras: Der zottelbärtige, nackte Mann. … wo er seine Blockflöte gelassen hatte, keine Ahnung!

»Jesses!«, seufzte Helge mit Blick auf den Nudisten.

»Es ist pervers!«, meinte Fynn.

»Immerhin ist er beschnitten!«, bemerkte Cem.

»Worauf du so achtest?!«, bemerkte Thalia. Und Judith lachte ihr glockenhelles Lachen, was dem Fynn so gefiel.

Da sagte Cem aber mal gar nichts drauf und warf stattdessen dem Mann mit Grastüte die paar Brocken Französisch zu, die er kannte: **»Bong schur, monami, bong schur!«**

»Hast du sie noch alle, Aldemir?!«, zischte Fynn ihn an – und Helge hinterher: »Was soll die Scheiße?«, und die Ladys im Kajak daneben rollten nur mit den Augen.

»Gleichfalls, mein muselmanischer Freund. *Salam alaikum* auch!«, rief da aber auch schon der Naturfreund auf seinem Felsen freundlich und höchst deutschsprachig den entgegenkommenden Kanus zu.

»Alaikum salam!«, erwiderte Cem mit höflicher Verneigung. **»Ein schöner Morgen. Genau die richtige Zeit für so eine geschmeidige Tüte, nicht wahr, mein Herr?!«**

»Das will ich meinen! Morgens ein Joint und der Tag ist dein Freund! Ho, ho!«, klopfte der Herr einen Spruch, der in etwa so einen langen Bart hatte, wie er selbst einen trug. Und bevor Cem da auch nur nachhaken konnte, winkte der Mann beide Crews einladend zu sich herüber.

»Yes!«, stieß Cem begeistert aus, sprang spontan ins Wasser und kraulte zum Ufer.

»W… was hast du vor, Aldemir? Lass den Scheiß!«, machte Fynn ihm klar, und Helge noch: »Komm zurück!«

Aber da hatte Cem das Ufer längst erreicht, kraxelte die Felswand zu dem Grastüten-Experten hoch und rief zurück: **»Wo bleibt ihr, Mädels?!«**

»Wer jetzt? *Wir* oder deine *Pussygang*?«, grinste Thalia, Judith lachte …

… *glockenhell!*, ging Fynn noch mal das eine Wort durch den Kopf, das so schön passt, und da hörte er aber auch schon wieder hinter sich Helge düster brummeln: »Kacke, alte verdammte. Nichts als Ärger!«

… *mit den Mitarbeitern!*, vervollständigte Fynn mit müder Ironie gedanklich den Satz seines zukünftigen Bosses. Und da ging ihm das auch schon selber auf die Nerven, dass er gedanklich wieder voll auf die bescheuert trübe Spur zusteuerte – *Ernst des Lebens* hier, *Spackenabschlussfahrt* dort. Aber diesmal kriegte er die Kurve, dachte schlicht: Einfach mal das Beste draus machen. Mitnehmen, was geht!, und zu Helge: »Wie sieht's aus, Boss … äh … *Helge?!* Kleine Raucherpause?«

Da guckte Stratmann *junior* Fynn natürlich wieder etwas irritiert an, warf dann aber einen Blick zu dem winkenden Aldemir und der nackten Knalltüte daneben und schielte darauf so unauffällig wie möglich auf seine Armbanduhr.

»*Vierundsechzig!*«, zählte Judith im Kajak neben ihm gnadenlos fröhlich zusammen, weshalb Helge dann extra lässig zu Fynn sagte: »Wegen meiner?! Wir haben Zeit ohne Ende!«

»Gut!«, antwortete Fynn, und ohne großartig nachzudenken, fragte er Judith und Thalia spontan: »Und was ist mit euch? Kommt ihr mit?«

… und da hab ich dir ja eben noch erzählt, wie schlicht Jungs im Alter von 9 bis 99 manchmal gestrickt sind, aber wie *Mädchen* gestrickt sind, da könnte ich dir ja jetzt gleich einen mehrstündigen Vortrag halten, weil da hat man ja auch so ein paar Erfahrungen gesammelt und da kommt dann – *zwei links, zwei rechts, eine fallen lassen* (hö, hö) – so einiges an Strickmustern zusammen, weshalb ich dir auch gleich sagen kann: Keine Ahnung, wie Mädchen gestrickt sind. Zu komplex!

Weil, und das ist jetzt der Punkt: Ich persönlich wäre jede Wette eingegangen, dass die beiden Mädchen auf Fynns Frage mit einem ganz klaren *Nein!* geantwortet hätten, aber ausgerechnet Musterschülerin Judith Schrader hatte dann geantwortet: »Och, warum nicht?!«, und Thalia Farahani, ebenso überraschend, stimmte auch zu und schob nach einer kurzen Denkpause hinterher: »Irgendjemand muss ja auf die Pussys aufpassen!«

9

Nur eine Flussbiegung weiter saß Bärbel Westerhoff an einem breiten Kiesstrand auf ihrer Kanutonne und neben ihr Kai Schindler. Und was dann schon echt witzig war, dass sie exakt in dem Moment, als ihre verschollenen Schüler dem nackten Knalltütenmann durch das Gestrüpp *irgendwohin* folgten, zu ihrem Kollegen meinte: »Die werden schon wissen, was sie tun!«

Und auch lustig: »So seh ich das auch, Bärbel. Alt genug sind sie ja«, hatte Kai Schindler geantwortet und vom Ufer aus wieder einen flachen Stein über die Ardèche geschleudert, der aber auch sofort versank.

Genervt war der coole Herr Doktor. Wegen der vier verdammten Idioten, derentwegen er nun an einem schattenfreien Kiesstrand in der prallen Morgensonne doof auf seiner Kanutonne rumhockte und warten musste. Zusammen mit seiner Kollegin und einer aufgekratzten Meute, die, so wie er, einfach nur weiterwollte.

Aber da ließ er sich nichts anmerken, weil es war Bärbels Idee, hier auf die vier Zeitbremsen zu warten. Und immerhin: Sie war jetzt viel entspannter, weil sie nun auch davon überzeugt war, dass die vier Schüler hinter ihnen, flussaufwärts eben, sein mussten. Überzeugt deshalb, weil sie mittlerweile jeden, aber auch wirklich *jeden* Sportsfreund da am Kiesstrand wahlweise auf Französisch, Englisch oder Deutsch gefragt hatte, ob ihm oder ihr eine Gruppe von vier Jugendlichen aufgefallen sei.

– *Zwei orientalische Typen: männlich und weiblich, der eine laut und nervig, die andere nur nervig. Und zwei Deutsche: er, kräftig gebaut und wortkarg, sie dünn und schlau.*

Und auf *die* Beschreibung schüttelten acht von zehn Personen mit dem Kopf und die restlichen zwei auch, weil sie die Frage vielleicht diskriminierend fanden … oder schlicht nicht verstanden. Was für Bärbel Westerhoff, die alte Mathematikerin, aber unerheblich war, weil statistisch gesehen waren das jetzt mal glatte hundert Prozent aller Befragten, die *nichts* gesehen hatten. Und das war doch schon mal was.

Bärbel Westerhoff also, tiefenentspannt, und der genervte Kai Schindler saßen Seite an Seite doof auf ihren Tonnen am öden Kiesstrand in der prallen Sonne rum und warteten. Und wenigstens *sie* genoss die spektakuläre Aussicht auf den Canyon mit seinen Felswänden, die an dieser Stelle an die 300 Meter steil in die Höhe ragen.

»Tolle Landschaft!«, schwärmte Bärbel Westerhoff und schleuderte dann ebenfalls einen flachen Stein über die Ardèche.

Kai Schindler verfolgte die Flugbahn, und nachdem *ihr* Stein ein-, zwei-, drei-, vier- und dann auch noch ein unverschämt *fünftes* Mal auftitschte, bevor er in den Fluten versank, murmelte er: »Hmhmm, echt toll, Bärbel!«

Er ließ seinen eigenen Stein, den er gerade erst gefunden hatte, wieder fallen und guckte gelangweilt zu, wie Boris Hartmann vor ihm im Wasser seinen Kumpel Günther ertränkte.

»Boris, lass das bitte!«, ermahnte Bärbel Westerhoff ihn und Boris ließ von seinem Günther ab, der gleich drauf mit seiner Bumsbirne japsend aus dem Wasser schoss und über Boris herfiel und *ihn* dann unter Wasser drückte.

Und da rollte Bärbel aber auch nur noch die Augen und sagte nichts mehr, was ein bisschen schade ist, weil dann wüssten wir zwei beide jetzt, wie der *Günther* wirklich hieß.

... Kiesstrand hier, pralle Sonne dort, die dann auch immer praller wurde, je höher sie in der nächsten Dreiviertelstunde stieg. Und auf der Ardèche ging es mittlerweile zu wie am Kamener Kreuz zur Rushhour. Hunderte von Kanus trudelten um die Flussbiegung an den beiden Lehrern und ihrer Truppe vorbei. Nur von den vier Entfleuchten keine Spur.

Die Schüler waren echt angefressen, weil sie nun wirklich weiterwollten. Stimmung also voll im Keller und die gute Bärbel war schließlich nicht mehr ganz so entspannt. Die verdammten Sorgen hatten sie wieder voll im Griff, aber da ließ sie sich *trotzdem* nichts anmerken. Nicht vor den Schülern und schon mal gar nicht vor ihrem Kollegen, der cool auf seiner Tonne neben ihr saß und scheinbar die Ruhe weghatte. Was sie auch irgendwie nervte. Er der kühle Kopf – sie die unentspannte Glucke.

So viel zum Thema *Emanzipation. … na toll!*, dachte sie noch und dann …

… sagte Kai Schindler zu ihr: »Bärbel, ich mach mir Sorgen. Wir sollten die Polizei rufen!«

Bärbel stutzte kurz und stieß dann aber auch direkt aus: **»JA, sollten wir!«**

Worauf Schindler sofort aufstand, seine Kanutonne aufschraubte, sein Handy herauskramte, es *endlich* anmachte und dann …

… rief er vorerst doch nicht die Polizei, weil er sah, dass er gleich vier WhatsApps reinbekommen hatte, und die rief er natürlich sofort ab, weil *Thalia* hieß der Absender …

Sie haben sehr ernst geguckt. Geht es Ihnen nicht gut?, stolperte er reichlich erstaunt über die erste Nachricht.

Keine Antwort, Herr Schindler? … ich warte, las er die zweite Nachricht ebenso erstaunt.

Ich bin enttäuscht! Aber ist schon okay, ich komme klar!, informierte Thalia ihn in der dritten Nachricht, an deren Ende sie per Emoji dann nur noch ein gebrochenes Herz mit einem fetten Ausrufezeichen dahinter getippt hatte.

»Ach – du – Scheiße!«

»Was ist?«, fragte Bärbel ihn – jetzt in Alarmstimmung.

Aber da antwortete er nicht gleich und scrollte zu Thalias letzter Nachricht weiter runter, die sie erst vor ein paar Minuten gesendet hatte. Mit Bild diesmal. Ein Selfie … präziser: ein *Gruppen*-Selfie. Mit einer gut gelaunten Thalia in der Mitte und drumherum ebenso gut gelaunt: Judith, Cem, Helge und – *ta-ta* – ***Fynn!***

Echte Überraschung für den Herrn Schindler, muss man sagen, aber wo ihm die Kinnlade komplett aus dem Gesicht rutschte, war, als er sah, wer noch so alles außer Fynn da rumstand: der nackte Zottelfreak links von ihm und rechts eine Frau. Haarstylisch ähnlich zottelig wie der Mann, *ohne* Bart, versteht sich, aber dafür – Partnerlook quasi – ebenfalls nackt. Und bestgelaunt lachten sie alle miteinander in die Kamera. … was Kai Schindler sich mit der großen, dampfend glühenden Tüte Gras erklärte, die Thalia in ihrer freien Hand hielt.

»Kai, bitte! Sag mir, was los ist!«, fuhr ihn die arme Bärbel alarmstufenrot an.

Und da hielt er ihr auch endlich sein Handy mit dem Gruppenfoto vor die Nase, worunter noch zu lesen war: *Freundliche Grüße aus dem Nirwana. Wir sehen uns in Saint-Martin.*

»W… wsss… w… *Fynn?!?* … *w…?!?*«, hörte sich die Bärbel erst an, als hätte sie einen Wackelkontakt, und dann aber voll unter Strom weiter: »Die ticken doch nicht ganz frisch! Kiffen sich die Birne weg und wir sitzen hier rum und …«

»Wer kifft sich die Birne weg?«, blökte da plötzlich Boris Hartmann wie aus dem Nichts in Bärbels Ohr.

»Die hiesigen Wildziegen, Boris! Erst vögeln sie, dann wird gekifft«, klärte Kai Schindler ihn diesmal auf.

Und da guckte ihn der Boris erst ausdruckslos an und Kai Schindler konnte praktisch das eine Zahnrädchen in dem Gehirn seines Schülers arbeiten hören, bis der dann auch endlich ratternd loslachte: **»Hä, hä, hä, hä – der war gut, Herr Schindler. – Hä, hä, hä …«**

Und als Boris sich dann fröhlich verzog, sagte Bärbel Westerhoff zu ihrem Kollegen: »Keine Polizei, Kai!«

Und Kai darauf: »Auf gar keinen Fall!«

Und Bärbel noch: »Wir fahren jetzt!«

Und er wieder: »Auf jeden Fall.«

… und dann legten sie alle ab und fuhren weiter.

10

»Was sagt die Uhr, Boss?«, fragte im selben Moment Fynn Helge. Und der guckte ihn mit etwas glasigen Augen an, dann wackelte sein Blick auf seine Armbanduhr. Er hielt sie sich ans Ohr und antwortete Fynn: »Ich weiß nicht. Sie spricht in letzter Zeit nicht mehr mit mir.«

Und auf den Knallergag warfen sie sich alle in den Staub und gackerten. Fynn, Cem, Thalia, Judith und auch Helge. – Breit waren sie! Dicht, stoned … definitiv high!

»Was ist schon Zeit?«, blies Benno da selig lächelnd eine Wolke in den Himmel und reichte die fast ganz heruntergebrannte Wundertüte an Wilma weiter, die daran zog und vielsagend zurücklächelte: »Zeit ist *Unendlichkeit mal Nichts.*«

… und da sollte ich vielleicht doch noch mal kurz erklären, wer Benno und Wilma sind, sonst blickt man da ja gar nicht mehr durch: Benno kennst du schon! Der entspannte Zottelbartmann vom Felsen, der Cem und die anderen eingeladen hatte, ihm in sein Camp zu folgen. Und da angekommen, hatte insbesondere Judith erst noch kurz überlegt, ob das nicht doch eine ziemlich bescheuerte Idee gewesen war, die Einladung anzunehmen, als sie feststellte, dass dort *alle* nackt waren. Männer, Frauen und auch die paar Kinder, die fröhlich vor den Tipis rumturnten und die alle aussahen wie Mogli … oder wie Oscar aus der Tonne. Such dir einen aus.

Immer hübsch tolerant bleiben!, hatte Judith dann aber auch gedacht, weil schließlich muss das ja auch wirklich jeder für sich selbst wissen, wie er rumlaufen möchte … oder *schweben*, wie im Fall von Wilma jetzt, Bennos Freundin eben, die auf die Gäste freudig überrascht zugeschwebt kam und jeden mit einer herzlichen Umarmung begrüßt hatte … was auch dem Cem sehr gefiel.

Kurz darauf saßen sie alle vor dem Gemeinschafts-Tipi, Benno zauberte von irgendwoher eine neue Grastüte hervor, zündete sie an und ließ sie rumgehen. Und da wurde natürlich erst mal viel gehustet, weil bis auf Cem hatte niemand zuvor großartig geraucht. Und Gras schon mal gar nicht. Und als der Joint in die zweite Runde ging, kam dann eben auch die Idee auf, dieses denkwürdige Ereignis fotografisch festzuhalten. Praktisch gesehen: hübsches Urlaubsfoto. … für den *privaten* Gebrauch. Von *Versand* an den Schindler war nie die Rede. Das war Thalias ureigene Idee, ihm das Foto heimlich zu schicken, und …

… an der Stelle muss ich dir auch ganz klar sagen, dass Drogen natürlich überhaupt gar nicht gut sind und dass man davon auch schnell abhängig werden kann und überhaupt: Cannabis als *weiche Droge* zu bezeichnen ist irgendwie auch echt niedlich, weil …

… egal jetzt *weil.* Drogen im Allgemeinen sind einfach nicht gut und Punkt.

»Zeit ist Schall und Rauch!«, haute Wilma jedenfalls höchst bedeutungsvoll einen weiteren Spruch raus, nahm noch mal einen ordentlichen Zug von der knisternden Knalltüte und blies einen perfekten Ring in den Himmel, der für den amtlich angeturnten Fynn ganz normal aussah, wie ein gestochen scharfes Ziffernblatt ohne Zeiger, das sich kontinuierlich ausdehnte, bis es sich schließlich in der himmelblauen Unendlichkeit endgültig auflöste.

»Wow!«, hauchte Fynn beeindruckt.

»Was *wow?*«, fragte Judith neben ihm und Cem neben *ihr* antworte für *ihn*: »Der, dessen Name nicht genannt werden darf, ist stark beeindruckt von Wilmas imponierenden, wundergleich schönen, wohlgeformten …«

»… *Worten!*«, fiel Fynn schnell in Cems *persönliche* Antwort und holte gleich zu einer eigenen Antwort aus, stockte dann aber, weil er vergessen hatte, wie Judiths Frage war.

Was dann aber auch egal war, weil im nächsten Moment Thalia, ausgerechnet *Thalia*, ihr Smartphone hochhielt und verkündete: »Mädels! Mein iPhone sagt *halb zwölf.* Wir müssen los!«

Und Helge, ausgerechnet *Helge*, der alte Zwangsregler, grinste sie an: »Wie spießig ist das denn?!«

Und da lagen sie natürlich auch wieder alle gackernd im Staub … und sind kurz darauf aber auch los.

Benno, Wilma und ein paar verstrubbelte Kinder hatten die *High-Five* noch bis zum Ufer begleitet. Und eines von denen – Junge, vielleicht zehn Jahre alt – lief die ganze Zeit stumm neben Helge her.

Und *der* schielte immer wieder zu dem Jungen runter und da ging ihm durch die grastütenweiche Birne, wie das wohl gewesen wäre, wenn *er* solche Eltern gehabt hätte wie dieses *Zotteldling* da. Und allein bei dem Gedanken, dass sein alter Herr *benno-like* nackt auf einem Felsen entspannt eine Tüte Gras rauchen würde, hätte Helge sich ja schon wieder gackernd in die Büsche werfen können. Weil, klar: Eher würde sich sein Vater mit seinem Jagdgewehr die Birne wegpusten, als dass er dergleichen tun würde.

Aber es war ja auch nur so ein Gedankenspiel und irgendwie war Helge schon ein wenig neidisch auf diesen kleinen, verwilderten Bastard, der neben ihm herlief – unbekümmerter und freier, als er selber je gewesen war. Was ihm im nächsten Moment auch wieder furchtbar leidtat, dass er so schäbig dachte, und zu dem Jungen sagte: »Es tut mir leid!«

Da guckte der Junge ihn verdutzt an und fragte zurück: »Was tut dir leid?«

Worauf dem Helge dann auch klar wurde, dass ja alles nur in seinem Kopf stattgefunden hatte und nichts davon nach außen gedrungen war, weshalb er etwas verlegen murmelte: »Nicht so wichtig, Kleiner!«

»Ich habe einen Namen!«

»Äh, ja klar. Wie heißt du denn?«

»Das geht dich nichts an!«

»Du bist kompliziert!«

»Ich weiß!«

»Dann leck mich doch!«, beendete Helge angenervt das Gespräch, die beiden gingen aber weiter nebeneinanderher und nach einer Weile sagte der Junge zu Helge: »Nis!«

»Gesundheit!«

»Das ist mein Name, du Penner! – *Nis!*«

»Oh ... ah! Verstehe! *Nis!* Guter Name!«

»Der Name ist kacke! Kein Mensch heißt so!«

»Jesses«, seufzte Helge, sagte dann nichts mehr, aber auf den letzten Metern bis zum Ufer fiel ihm ein Gedicht ein, was sie bei dem Schindler in der *Sechsten* auswendig lernen mussten. Eins von unzähligen Gedichten, die der Mann ihnen in fünf ganzen Jahren um die Ohren gehauen hatte. Was Helge schon in der fünften Klasse sehr nervig und auch ziemlich ungerecht fand, weil in sämtlichen Parallelklassen musste keine Sau Gedichte auswendig lernen. Und dann aber, ein Jahr weiter, dritte Stunde Deutsch: Schindler verteilte die Kopien eines weiteren Gedichtes und Helge wurschtelte sich müde und endgenervt durch die ersten drei Zeilen, die sich nicht einmal vernünftig reimten. Aber Helge las weiter. Zeile für Zeile. Und Strophe um Strophe wurde Helge immer wacher und wacher. Bis er knallwach, sprachlos angekommen war: letzte Strophe, letzte Zeile, allerletztes Wort. – Und da erinnerte sich Helge nun wieder, dass er sich damals echt zusammenreißen musste, um nicht heulend über der Kopie zusammenzubrechen – so ergriffen war er von allem, von dem Gedicht, und das hieß ...

»... *Nis Randers!*«, hauchte Helge ergriffen und starrte dabei den *Zottel*-Nis neben sich gedankenverloren an.

Und der starrte wieder leicht irritiert zurück und meinte schließlich zu ihm: »Irgendwie bist du echt schräg, weißt du das?«

Und auch da grübelte Helge wieder darüber nach, was er definitiv gedacht, aber vielleicht nicht gesagt hatte, weil da waren die Grenzen zurzeit einfach nicht ganz dicht. Was auch mal wieder witzig war, weil *dichter* als jetzt war er vorher nie gewesen.

»**Boss! Wir legen ab!**«, riss ihn plötzlich der Dreyer aus seinen undichten Gedanken. – Er und der Aldemir und auch die Chicks saßen längst in den Kanus und warteten auf ihn.

»Mach's gut, Nis«, verabschiedete Helge sich von dem Jungen.

Und der guckte ihn wieder so gnadenlos ungefiltert an und sagte: »Du auch, Boss!«

Nis Randers von Otto Ernst

Krachen und Heulen und berstende Nacht,
Dunkel und Flammen in rasender Jagd –
Ein Schrei durch die Brandung!

Und brennt der Himmel, so sieht man's gut:
Ein Wrack auf der Sandbank! Noch wiegt es die Flut;
Gleich holt sich's der Abgrund.

Nis Randers lugt - und ohne Hast
Spricht er: »Da hängt noch ein Mann im Mast;
Wir müssen ihn holen.«

Da fasst ihn die Mutter: »Du steigst mir nicht ein!
Dich will ich behalten, du bleibst mir allein,
Ich will's, deine Mutter!

Dein Vater ging unter und Momme, mein Sohn;
Drei Jahre verschollen ist Uwe schon,
Mein Uwe, mein Uwe!«

Nis tritt auf die Brücke. Die Mutter ihm nach!
Er weist nach dem Wrack und spricht gemach:
»Und seine Mutter?«

Und da hab ich dir ja eben noch erzählt, dass Drogen im Allgemeinen einfach nicht gut sind und dass sie schnell abhängig machen können und … das ganze Programm. Aber was man auch nicht vergessen darf: Kanu fahren ist nach einer geschmeidigen Tüte Gras auch nicht mehr so der Brüller.

Im Schlängel- und Zickzackkurs trudelte unsere kleine Drogenflotte pirouettenlustig die Ardèche hinunter. Wie ferngesteuert von einem hyperaktiven Äffchen, dem man eine Konsole in die Pfoten gedrückt hat … um das jetzt mal irgendwie zu beschreiben. Aber egal, von hoch oben betrachtet war immerhin eine Richtung erkennbar: flussabwärts … *irgendwie*.

Und hinter der nächsten Flussbiegung, vorbei an dem breiten Kiesstrand, an dem nun niemand mehr wartete, folgte für die fünf *Grashüpfer* dann auch mal eine ruhigere Passage und beide Kanus schaukelten Seite an Seite sanft durch die Mittagssonne.

Was dem Helge wohl irgendwie entgangen war, weil der rief leidenschaftlich ergriffen in die Landschaft: ***»Boot oben, Boot unten, ein Höllentanz! – Nun muss es zerschmettern …! NEIN, es blieb ganz …! – Wie lange? Wie lange?«***

Nun springt er ins Boot und mit ihm noch sechs:
Hohes, hartes Friesengewächs;
Schon sausen die Ruder.

Boot oben, Boot unten, ein Höllentanz!
Nun muss es zerschmettern. …! Nein, es blieb ganz!. …
Wie lange, wie lange?

Mit feurigen Geißeln peitscht das Meer
Die menschenfressenden Rosse daher;
Sie schnauben und schäumen.

Wie hechelnde Hast sie zusammenzwingt!
Eins auf den Nacken des andern springt
Mit stampfenden Hufen!

Drei Wetter zusammen! Nun brennt die Welt!
Was da? – Ein Boot, das landwärts hält. –
Sie sind es! Sie kommen!

Und Auge und Ohr ins Dunkel gespannt …
Still – ruft da nicht einer? – Er schreit's durch die Hand:
»Sagt Mutter, 's ist Uwe!«

Und bei diesen Worten rührte sich in Fynns waberndem Gehirn – praktisch *Graslandschaft* – eine noch halbwegs brauchbare Gehirnzelle, die ihm meldete, dass ihr diese Worte bekannt vorkämen und dass sie zu einem Gedicht gehörten, welches hieß … … irgendwas mit *M!* … Mmmm… m… … Mmm… MmMmmm… … … … … … m… … … … … … M…

»*Nis Randers!*«, hörte Fynn da sehr überrascht ausgerechnet Thalia im Nachbarboot den korrekten Titel sagen, in dem auch kein einziges *M* vorkam.

… und Helge fuhr voller Pathos fort: ***»… mit feurigen Geißeln peitscht das Meer – Die menschenfressenden Rosse daher; – Sie schnauben und*** … und … *Dings* … schnauben und … **Kacke, alte, verdammte!**«, fluchte Helge, weil er nicht weiterwusste.

»Frag Thalia. Die weiß so was«, schlug Fynn vor.

»Nope! Ich passe. Zu lange her!«, passte Thalia.

»Dann du, schlaue Schrader. Sag an!«, kommandierte Helge.

»So geht *Boss*!«, murmelte Fynn wieder und Judith informierte Helge: »Null Ahnung! – Und ich hab einen Vornamen, *Stratmann*!«

Da stutzte Helge und antwortete: »Der geht mich nichts an!«, und warf sich gackernd nach hinten.

»Hammergag! Innerlich schmeiß ich mich weg vor Lachen«, gähnte Thalia.

»Muss wohl was Privates sein«, vermutete Judith.

»Das könnte euch so passen!«, zischte Fynns Vordermann Cem da plötzlich, der bis dahin die ganze Zeit geistesabwesend mit seiner Nase dicht über der Wasseroberfläche gehangen hatte.

Alle guckten zu ihm rüber und Fynn fragte ihn: »Worum geht's, Cem?«

»Pssssscht!«, legte der wichtig seinen Zeigefinger an den Mund und flüsterte: »Sie können uns hören!«

»Wer?«, fragten Thalia und Judith gleichzeitig.

Cem sah die beiden Mädels mit einem leicht irren Blick an und flüsterte wieder ganz verschwörerisch: »Die Fische! Aber sie sind nicht *echt*. Es sind *Drohnen*. Ausgestattet mit ultrasensiblen *Mikrofonen*, die ***jedes*** Wort, das wir sprechen, aufzeichnen!«

»... und der kleine Nis rettet seinen Bruder Uwe aus dem Bällebad«, kicherte Helge komplett am Thema vorbei in den Himmel, während Judith, Thalia und Fynn jetzt die Ardèche nach Cems Fischen absuchten und schließlich auch fanden. Gute zwei Meter unter ihnen. Ein kleiner dicker und ein großer dicker.

»Das ist Bullshit, Muselmann!«, meinte Thalia. »Da sind einfach nur zwei Fische, die sich ganz normal unterhalten. Ich kann Lippenlesen, weißt du?«

»Ach?«, staunte Cem.

»Keine Kunst, Cem«, stieg Judith grinsend ein, zeigte ins Wasser und erklärte ihm: »Der kleine Dicke rechts da sagt gerade zu dem großen Dicken links: *Claudia, Claudia. Ich werde das Gefühl nicht los, dass wir schon wieder beobachtet werden.*«

»*Ja, von wem denn, ... Gaby?*«, synchronisierte Thalia nahtlos die Lippenbewegung von dem großen, dicken Fisch links, der jetzt Claudia hieß.

Und *Gaby* mit Judiths Stimme antwortete: *»Jetzt nicht hochgucken, Claudia. Sie sind über uns. Ein deutscher Junge, einer mit Migrationshintergrund und …«*

»Das heißt jetzt *Vorgeschichte*«, mischte sich Cem ein.

»Klappe halten da oben!«, herrschte Claudia ihn an und Gaby fuhr fort: *»… und zwei sehr coole Mädels. Habe gehört, dass sie ans Mittelmeer wollen.«*

»Ach, wie schön, Gaby. Der große weite Ozean. Unendlich tief, unendlich blau«, schwärmte Claudia.

»… und salzig!«, warf Cem wieder ein, worauf hinten im Kanadier Helge anfing herumzuquängeln: »Durst! … und Hunger! Wann sind wir endlich da?«

»Klappe halten! Alle beide!«, befahl diesmal Fynn, weil er unbedingt hören wollte, was Gaby mit Judiths Stimme noch zu sagen hatte, und … das war:

La mer …

… ein Lied, das sie dem kleinen dicken Fisch auf die Lippen legte.

… qu'on voit danser le long des golfes clairs …

… sang Judith so glockenhell, so gnadenlos schön weiter, dass es den armen Fynn schlicht umhaute. Wortwörtlich auch, weil er sich im nächsten Moment einfach nach hinten fallen ließ. Und in Helges Schoß sanft gelandet, seufzte er: »Oh mein Gott!«

»Danke, aber *Boss* reicht!«, erklärte Helge, den es diesmal nicht zu stören schien, dass Fynn mit seinem Kopf zwischen seinen Beinen rumlag.

… La mer …

… schmolz Fynn Strophe um Strophe dahin, bis er endlich

nur noch ein kleiner Tropfen war, der unbemerkt durch Judiths Mund schlüpfen konnte, hinab bis zu ihren goldstrahlenden Stimmbändern, wo er der Versuchung nicht widerstehen konnte, sie zu berühren, und da …

»… öhö, öhö!«, hustete Judith am Ende vom Lied, Fynn schlug irritiert die Augen auf und hörte sie sagen: »Sorry, Claudia. Frosch im Hals.«

Fynn zwängte sich in die Aufrechte und sah zu dem Kajak rüber, in dem Thalia nun komplett ergriffen weinend in Judiths tröstenden Armen hing, und er sagte: »Alles mein Fehler. Es tut mir *sooo* leid!«

»Ich vergebe dir!«, nuschelte Helge großzügig am Thema vorbei.

Und Judith selbst guckte Fynn mit hübsch hochgezogener Augenbraue fragend an.

Aber da quatschte Cem auch schon wieder das Wasser an: »*La mer!* – Wie geil ist **das**?!«

Und dann richtete auch er sich auf und strahlte Fynn und Helge an: »Männer! *Mittelmeer* heißt das Ziel! Seid ihr dabei?«

Und da, interessant jetzt, hatte Fynn für einen Moment wieder klar und nüchtern den vollständig nervenden Ernst des Lebens vor Augen, der am Ende aller schönen Tage vor seiner Tür rumstehen würde, weshalb Fynn Cem verständnislos anguckte, als hätte der nicht mehr alle Tassen im Schrank, und dann auch zu ihm meinte: »Ob ich dabei bin? – Aber so was von!«

»Selbstredend!«, bestätigte auch Helge hinter ihm mit erhobenem Daumen, bevor er endgültig wegdöste.

»Viva la mer!«, frohlockte Judith glockenhell, nachdem sie ihren frechen Frosch vollständig verschluckt hatte.

Und da kam auch Thalia, die unerschütterliche Kampf-Lady, aus Judiths tröstender Versenkung hervor, wischte sich heimlich die letzte verdammte Träne aus dem Gesicht und lobte die Jungs: »Das sind meine Pussys!«

Sagte es, nahm, wie alle anderen auch, ihr Paddel in die Hand, und dann zogen sie weiter. Richtung Mittelmeer!

… selbstredend!

11

Kai Schindler schaute auf seine Armbanduhr. 13:02 Uhr. Eine Stunde waren sie nun seit ihrem Zwischenstopp am Kiesstrand wieder unterwegs. Und sie lagen gut in der Zeit. Am linken Ufer ragte die kirchturmhohe Felsformation steil aus der Waldböschung, die man hier *Cathédrale* nannte. Und tatsächlich, mit ein wenig Fantasie erinnerte der Fels mit seinen zahlreichen Spitzen an eine Kathedrale.

»Die Hälfte haben wir«, stellte Bärbel Westerhoff fest, die zur Abwechslung nun auch mal hinten saß und das Kajak jetzt durch die nächste Strömung lenkte … und das, wie Kai Schindler sich eingestehen musste, auch einen Tick souveräner, als er es bisher getan hatte.

Steine werfen und paddeln! Das kann sie … die alte Sportskanone, stellte er *fast* neidlos fest und meinte zu ihr: »Ein Uhr jetzt. Der Plan auf der Tonne sagt …« – Schindler schielte auf die Kanutonne hinter sich, auf der die Etappen mit einem simplen Zeitstrahl darüber aufgedruckt waren – »… also der sagt … tja, was sagt der Plan? Hmmm … sagen wir mal …«

»Siebzehn Uhr! Ankunft in Saint-Martin. Drei Stunden Fahrtzeit plus eine Stunde Pausen und so was.«

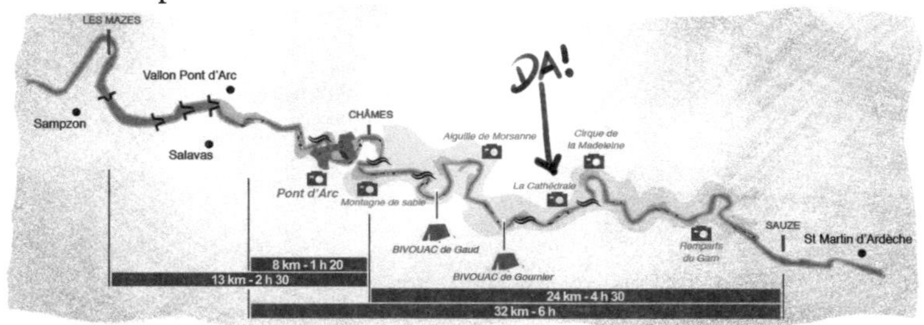

… *und* Pläne lesen und rechnen! Das kann sie auch besser als ich … die Kuh!, vervollständigte Kai Schindler wirklich *fast* kein bisschen neidisch. Und dann fummelte er wieder sein Handy aus der Schwimmweste, um zu gucken, ob die Göre namens Thalia ihm vielleicht doch noch mal geschrieben hat.

»Und? Hat deine kleine zugedröhnte Freundin noch mal geschrieben?«, konnte seine Kollegin anscheinend seine Gedanken lesen.

»Sehr witzig, Bärbel. – Und: Nein, hat sie nicht!«

Eigentlich hatte Kai Schindler nicht vorgehabt, Bärbel die ziemlich eindeutigen Textnachrichten, die seine Schülerin ihm *vor* dem Gruppenselfie geschickt hatte, zu zeigen. Das war ihm einfach nur unangenehm. Am Ende würde seine Kollegin vielleicht denken, dass er es darauf angelegt hätte. Was natürlich absoluter Quatsch war. Kai Schindler stand definitiv nicht auf *kleine Mädchen* und die *lästige Sache* da mit Thalia Farahani wollte er irgendwie persönlich regeln. Aber dann, Bärbel Westerhoff, wirklich nicht blöd, ist von ganz alleine draufgekommen, dass Thalia sich in Kai Schindler verknallt hatte. – *»Soll vorkommen!«*, war dann auch ihr einziger Kommentar und dann aber auch noch mal nüchtern hinterher: *»… siehst ja jetzt auch nicht* ***ganz*** *so blöd aus.«*

Und jetzt, als sie an dieser *Cathédrale* vorbeipaddelten, machte Westerhoff Schindler den Vorschlag, dass er Thalia doch einfach schreiben soll.

»Sonst noch was? Ich kann mich beherrschen!«, war seine Antwort, aber sie erklärte mit Sorgenfalten in der Stirn:

»Das Problem, das ich sehe, ist, dass die fünf Nervensägen nicht pünktlich in Saint-Martin ankommen. Dann stehen die da und kommen nicht zurück.«

»Verlust ist immer«, wollte Kai Schindler extrawitzig sein, aber seine gestrenge Kollegin meinte: »Und deswegen mein Vorschlag, Kai: Schreib ihr, dass sie und die anderen Spezialagenten in die Hufe kommen sollen. – *Nett* irgendwie! Sonst wird sie bockig und macht das Gegenteil. Mach einen auf *verständnisvoll*! … locker-flockig, aber deutlich!«

Kai Schindler nickte wie ein Schuljunge, der die Aufgabe verstanden hatte, fing an, in sein Smartphone zu tippen, und dann … *Schreibblockade!* Nichts fiel ihm ein. Schon gar nicht locker-flockig. Was ihn nervte. Natürlich das. Ellenlange Aufsätze hatte er in seinem Leben schon verfasst. Ganze Doktorarbeiten, *halbe* Habilitationen. Und jetzt? Jetzt fand er nicht *ein* passendes Wort, das er einer pubertierenden Nervensäge namens Thalia hätte schreiben können.

Und *natürlich* roch die Kollegin in seinem Rücken förmlich, dass er an der gestellten Aufgabe scheiterte. Pädagogisch einfühlsam half sie daher nach: »Schreib ihr doch vielleicht: *Hey Thalia …*«

»Ja, das ist gut!«, freute sich Kai und schrieb: *Hey Thalia …*

»Sehr schön, Kai!«, lobte Bärbel und diktierte auch einfach weiter: »*… Geiles Foto!* – Drei Lachsmileys! – *Hoffe, ihr habt Spaß!* – Emoji: Daumen hoch – Und dann: *Denk bitte dran: 18:00 Uhr fährt der Bus ab. – Freu mich auf euch!* – Emoji: Freusmiley!«

Kai Schindler las sein *Thalia-Diktat* noch mal ordentlich durch, drehte sich zu seiner Kollegin um und meinte: »Ich lass das *geil* weg und schreib besser *steiles* Foto. Das wär sonst wieder zu … du weißt schon!«

Bärbel überlegte und nickte schließlich: »Ja, stimmt! Auf jeden Fall, Kai! Bloß nichts mit *geil*. Das geht ja sonst nur nach hinten los und dann hat man den Salat.«

Kai Schindler dachte kurz über das *Salatbild* seiner Kollegin nach und dann tauschte er *geiles* gegen *steiles* und schickte die Textnachricht an Thalia zufrieden ab.

12

Pling, machte es in der Kanutonne von Thalia. Was Thalia selbst aber gerade mal nicht mitbekam, weil sie mit Judith im Duett das Chanson *La mer* von dem guten alten *Charles Trenet* sang, während sie alle immer noch leicht angedröhnt über die Ardèche schwebten.

Und da muss ich sagen: Hut ab, Madame Farahani. Weil, wenn Thalia und ich eins gemeinsam haben, dann ist es die Tatsache, dass wir beide kein Wort Französisch sprechen.

… also schön: *Guten Tag* und *Gute Nacht* kriege ich hin und *Brötchen mit Milchkaffee* könnte ich auch noch einwandfrei auf Französisch bestellen, ohne dass mir der *Gaston* gleich ein Blockheizkraftwerk und einen Eimer Scheiße serviert, und …

… *égal* alles: Thalia lernte schnell, was Judith ihr geduldig beibrachte, und das waren dann immerhin schon die ersten beiden Strophen von *La mer*, die sie nun gemeinsam im Duett sangen. – *Glockenhelligkeit versus Reibeisen* … was aber auch nicht so richtig zu Thalias Stimme passte. Eher klang sie vielleicht doch wie …

»… ein sehr weich gespieltes Saxofon«, meinte Fynn zu Cem.

»… *La meeeer …*«, hauchte Thalia im Kajak daneben gerade wieder fast zärtlich zu Judiths hoher Engelsstimme.

Cem spitzte die Ohren, überlegte und befand: »Heiseres Meerschweinchen!«

»Das ist ja jetzt wohl der absolute Quatsch, Aldemir!«

»Wenn ich's sage!«, beharrte Cem. »Hör mal hin, wenn sie höher singt. Nur ein Fiepsen und dann gar nichts mehr. So sieht's aus.«

Fynn schüttelte den Kopf und fragte seinen Hintermann: »Boss, wie siehst du das?«

»Krachen und Heulen in berstender Nacht, – Dunkel und Flammen in rasender Jagd – Ein Schrei durch die Brandung!«, haute der aber nur wieder den *Nis Randers* in die Landschaft.

»Also *so* schlimm jetzt auch wieder nicht«, verstand Cem ihn falsch.

»*Nis Randers!* Erste Strophe!«, klärte Helge ihn glücklich auf, weil er sich wieder an den Anfang des Gedichtes erinnerte.

Dann plötzlich: Im Lady-Singer-Kajak daneben brach Thalia mitten im allerschönsten Duett ab, blitzte mit ihren grünen Augen suchend zum Ufer hinüber und knurrte gierig: »Fleisch! Ich rieche Fleisch!«

Und Cem noch mal zu Fynn: »Also gut! *Das* klingt jetzt mehr nach dem bulligen Tiger aus *Jungle Book*, *nicht* nach Meerschweinchen.«

Und da schauten Thalia und auch Judith den Cem echt irritiert an und dann – Glück für Cem – hatte sich das Thema eh erledigt, weil nun das komplette Quintett den Geruch von Grillfleisch witterte. ... mit der allgegenwärtigen Note *Kräuter der Provence*, was den Duft noch verführerischer machte. Und ...

... **was** ich in meiner umfangreichen Liste der schlimmen Nebenwirkungen nach Missbrauch sogenannter *weicher* Drogen vergessen habe aufzuzählen: Kiffen macht Appetit. Was rede ich: Du kriegst einen mordsmäßigen Hunger und drückst dir alles oben rein, was dir zwischen die Finger kommt.

Fynn, Cem, Helge, Thalia und selbst Judith, die alte Vegetarierin, paddelten also gierig der Spur des Grillduftes hinterher und fanden nach rund 150 Metern die Quelle am linken Ufer.

Und auch wenn Bennos Knalltüte bei den *High-End-Five* allmählich abflaute: Das Bild, das sich ihnen bot, hatte für sie etwas leicht Surreales. Im Halbschatten der mit Lampions geschmückten Bäume stieg der feine Rauch aus einem großen, runden Grill. Um ihn herum standen vier Plastikstühle *und* ein Rollstuhl, an dem ein roter Luftballon befestigt war. Ansonsten: kein Mensch zu sehen. Weit und breit nicht.

Die fünf sahen sich fragend an, gingen dann aber auch direkt an Land. Fynn, Cem, Thalia und Judith pflanzten sich auf die Plastikstühle und Helge schmiss sich sportlich in den Rollstuhl. Und *der* streckte dann auch als Erster seine Hand nach einer der Grillwürste aus, die neben Hähnchenkeulen, Fleischspießen und auch ein paar Gemüsesorten herrenlos auf dem Grillrost vor sich hin brutzelte.

»Ich weiß nicht, Helge. Vielleicht sollten wir doch besser warten, bis jemand kommt«, gab Judith zu bedenken.

Helge hielt inne, sah erst Judith an, dann sah er sich um und stellte fest: »Kommt keiner!«, und fuhr seine Finger weiter zu der Grillwurst aus, die ihn rotbraun brutzelnd anlachte.

»Es kommt keiner, weil sie schon da sind!«, zischte Cem, worauf Helge auch *sofort* seine Finger zurückzog und sich noch mal ordentlich umguckte.

»Ja, wo denn?«, fragte er Cem, weil es außer ihnen wirklich niemanden zu sehen gab.

»Daaaa!«, flüsterte Cem, die alte Verschwörungstüte, und zeigte unauffällig auf die Lampions, die in den Bäumen hingen.

Da guckten dann auch alle frontal drauf und Fynn stellte nach drei, vier Sekunden fest: »Das sind Lampions.«

»Falsch, Fynn Dreyer!«, wusste Cem und mit gedämpfter Stimme klärte er die ganze Runde auf: »Es sind Überwachungskameras, *getarnt* als Lampions. – Unterschied!«

Fynn, Helge, Thalia und Judith sahen Cem ausdruckslos an, weshalb er extrem verschwörerisch fortfuhr: »Ja, versteht ihr denn nicht?! Es ist ein Experiment! Der Grill, das Fleisch, das

Gemüse, die Stühle, die Bäume, der Fluss …«

»**Komm** auf den Punkt!«, bretterte Thalia angenervt dazwischen.

»… *Freilabor!*«, kam Cem dann auch sofort wichtig auf den Punkt. »Sie haben das alles inszeniert, um uns zu testen.«

Fynn guckte über die Schulter zur Ardèche hinüber, deren sonnenglitzernde Wasseroberfläche ihn jetzt ein wenig an die Augsburger Puppenkiste erinnerte, in der ganze Weltmeere mit wedelnder Plastikfolie imitiert wurden. Dann schüttelte er sich das restgrasvernebelte Bild aber auch gleich wieder aus dem Kopf und hörte Helge, der ihm gegenüber in dem Rollstuhl saß, fragen: »Und der rote Luftballon hier, Mr Bond? Das ist wahrscheinlich ein Mikrofon, oder?«

Bond … *Cem* Bond nickte stumm und wichtig. Worauf Helge den Luftballon zu sich herunterzog und zu ihm sprach: **»*Test! Test! Eins, zwei! Eins, zwei!* – Melde mich freiwillig als Versuchskaninchen und werde jetzt eine inszenierte Grillwust essen! – Ende!«**

Dann ließ er lässig den Luftballon wieder nach oben über seinen Rollstuhl schnappen und fingerte sich endgültig die Wurst, die ihn am allermeisten anlachte, vom Grillrost.

»H… h… h… h… **HEISS!**«, stellte Helge fest, dass auch diese Wurst *ganz erstaunlicherweise* brutzelheiß war, wenn man sie denn mit bloßen Fingern direkt vom glühenden Grill nahm. Er ließ sie fallen … mit Punktlandung in seinen Schoß.

»H… h… h… **heiß, heiß, heiß!**«, pustete Helge schmerzverzerrt aus, und ehe er auch nur irgendwie reagieren konnte, schoss plötzlich wie aus dem Nichts eine Grillzange treffsicher in seinen Schritt, die den Gebeutelten von seiner brutzelheißen Würstchenqual befreite.

Verwundert guckte Helge aus seinem Rollstuhl hoch und sah in das vollbärtige Gesicht seines Retters, der groß und kräftig wie ein Wikinger über ihm stand. Mit Grillzange in der rechten Pranke und einem Stapel weiterer Plastikstühle auf der linken Schulter, auf der enorm viel Platz für seine Tattoos war.

»D… d… d…«, bedankte Helge sich irgendwie, während Fynn, Cem, Thalia und Judith den Hünen genauso erschrocken mit großen Augen anglotzten. Und der Hüne selbst machte eine halbe Drehung zu den vier Zusammengesackten, blitzte mit seinen stahlblauen Augen zurück und …

… trällerte fröhlich: »Hallöchen! Ich bin der Ingo.«

Fynn, Cem, Thalia und Judith schielten sich irritiert von der Seite an und brabbelten dann aber irgendwie gleichzeitig zurück: »Hallo, Ingo!«

Und der strahlte: »Schön, dass ihr doch gekommen seid! Ein bisschen früh, aber *wurscht.* – Hö, hö! Wo ist denn euer Lagerleiter … Uwe?«

Da stutzte Helge im Rücken von Ingo, weil – mein Gott – *Uwe!* Genau so hieß der junge Mann, um den es in dem *Nis-Randers-Gedicht* eigentlich ging. – Logisch! Größtmöglicher Zufall, wusste auch Helge, aber schon witzig irgendwie, dass dieser Ingo jetzt ausgerechnet nach einem Uwe fragte. Und da wollte der Helge auch schon spaßig antworten, dass der verschollen sei, aber Fynn kam ihm zuvor und knödelte unsicher heraus: »Öhmm … der konnte nicht?!?!?….?«

Worauf Judith sehr entschlossen bekräftigte: »Der konnte ***nicht!!!!!!*** … *Magen-Darm.*«

Ohne den Blick von Judith abzuwenden, setzte Ingo seinen Stapel Stühle ab und lächelte: »Och, das tut mir aber leid für den guten alten Uwe. – Aber cool, dass *ihr* zu unserer kleinen Grillfete für unsere *Specials* gekommen seid.«

Und wen Ingo jetzt mit *Specials* meinte, da kamen die fünf Helden von ganz alleine drauf, als sie sahen, wie im nächsten Moment ein Haufen Leute den Campingweg zum Ufer herunterkamen. Mit und ohne Rollstühle: alle Mann behindert … und *Frau* natürlich auch, um politisch korrekt zu bleiben. – Ingos *Specials* eben. Bis auf *eine* Frau. Die war *nicht* behindert, die war Sozialpädagogin. Katja, der Name.

Die alle jedenfalls kamen wie auch immer den Campingweg heruntergewackelt und Ingo drehte sich wieder zu Helge um und sagte extra herzlich laut: **»Hallo, Sportsfreund! Ich bin Ingo und wer bist du?«**

Da ging dem Helge noch durch den Kopf, dass dies wohl die letzte passende Gelegenheit wäre, das Missverständnis aufzuklären, die Wurst zu bezahlen und sich vielleicht noch von Ingo einen wikingermäßigen Arschtritt Richtung Ardèche geben zu lassen. – Dann aber …

… nuschelte er: »Ha… ha… hanoooo, In'ooo. Ich bin … ööööh … B… B… Boooris!«, und ließ seinen Kopf komplett debil auf seine rechte Schulter fallen.

Fynn, Cem, Thalia und Judith saßen mit versteinerten Gesichtern in ihren Plastikstühlen, was daran lag, dass sie sich vermutlich die Zungen blutig bissen, um nicht geiernd hintenrüberzufallen.

Und Ingo? Der sah den *Boris* einfach nur freundlich an und lächelte: »Hallo, Boris.«

Ingos *echte* Specials hatten schließlich den Grillplatz erreicht. Wer laufen konnte, schnappte sich einen Plastikstuhl vom Stapel und pflanzte sich damit vor den Grill. Die anderen parkten ihre Rollstühle irgendwie dazwischen.

»Scheiße, Ingo. Ich hab Hunger! – Hunger! Hunger! Hunger! Ich will eine Wurst! Scheiße-noch-mal!«, machte der Typ klar, der seinen Rollstuhl direkt links neben Helge geparkt hatte. Der, wie dem Helge auffiel, deutlich größer war als sein eigener. Und elektrisch war das Teil auch noch, wie er – voll in seiner *Rolli-Rolle* – neidisch feststellte.

»Hans? Das Zauberwort!«, forderte ihn da Ingos Kollegin Katja freundlich, aber bestimmt auf.

Hans neben Helge guckte abwechselnd Katja und Ingo grübelnd an und tippte schließlich: *»Mach?«*

Da schüttelten beide bedauernd den Kopf, worauf Hans' Nachbar Helge, der mindestens genauso hungrig war wie Hans, den Zeigefinger wackelnd erhob und nuschelte: »Eine W…urst. ***B… bitte!***«

»Meine ich ja. Hab ich ja gesagt. ***Bitte!*** … ich will eine Wurst ***bitte*** und mit Ketchup drauf … aber zack, zack!«, haute Hans dann raus und guckte gleich drauf echt angefressen zu Helge, dem alten Streber, rüber.

Katja und Ingo lächelten nachsichtig und Ingo servierte Hans Helges schöne, brutzelheiße Wurst auf einem Pappteller mit Ketchup drauf.

»Geht doch!«, sagte Hans und schlug vor Helges gierig großen Augen seine Zähne in die schöne, rotbraune, deftig duftende Wurst, die seine gewesen war.

»Arschloch!«, nuschelte er nur für Hans hörbar rüber, der darauf schmatzend nur für Helge hörbar erwiderte: »Selber Arschloch, doofe Sau, du!«

Helge stutzte und sah dann aber auch als Nächstes zu, wie Ingo mit der Grillzange eine weitere Wurst vom Grill nahm, sie auf einen Pappteller legte, sie *seinen vier Betreuern* vor die Nase hielt und fragte: »Wer macht das hier?«

»Ich!«, fletschte Thalia ausgehungert die Zähne, aber da war Cem, der alte Checker, einen Tick schneller, schnappte sich den Pappteller mit Wurst aus Ingos Pranke und sagte zu Thalia: »Die ist natürlich für unseren Boris, … *Schantall!*«

Thalia guckte den grinsenden Cem fassungslos an und grinste dann aber auch zurück: »Das weiß ich doch, … *Özmut!*«

»*Özmut!* … äh, cooler Name«, meinte Katja zu Cem.

»Na ja, geht so. Eigentlich sollte ich ja *Benhur* heißen, aber da meinte mein Großvater mütterlicherseits, dass …«

»Hunger, Ötzi!«, machte Helge nuschelnd im Hintergrund klar, dass Cem, alias Özmut – Spitzname *Ötzi* –, in die Gänge kommen sollte.

Und der drehte sich dann auch zu ihm um, schnappte sich im Gehen die Ketchupflasche, drückte einen ordentlichen Strang auf die Grillwurst und fütterte ihn. Wobei er Helges schnappenden Mund zunächst voll verfehlte und ihm die Wurst quer über die Backen strich, damit alles noch authentischer wirkte.

Nachbar Hans in seinem Rollstuhl der Luxusklasse, praktisch gesehen ***Rolls***-Royce, guckte sich das ein Weilchen an und meinte schließlich zu Helge: »Scheiß Zivis! Hatte auch mal so einen. Echte Spastis, sag ich dir.«

Helge und auch Cem guckten verwundert zu Hans rüber und Helge seufzte: »Mein Reden, Hans!«, und versuchte gleich drauf wieder, nach Cems Wurst zu schnappen, der seinerseits nun irre grinsend versuchte, das Wurstende in Helges linkes Nasenloch zu stopfen.

Fynn auf der gegenüberliegenden Seite guckte sich Cems *Spasti-Nummer* ebenfalls eine Weile an und überlegte noch, seinem zukünftigen Boss zu helfen, aber da hielt ihm im nächsten Moment auch schon einer von Ingos *Specials* eine Wurst unter die Nase und lächelte: »Die ist für dich … äh … äh … äh ...«

»*Bert!* Sein Name ist *Bert*!«, stellte *Schantall*, also Thalia, Fynn grinsend als Bert vor.

Worauf rechts neben Fynn Judith in ihre Gemüsefrikadelle prustete, die Ingo ihr serviert hatte.

»Und das ist *Cindy*«, stellte Fynn da spontan Judith vor, die einmal hörbar schluckte und dann aber auch wieder so glockenhell lachte.

»Aaaaah, Cindy! Schöner Name. Kommt von Lucia – *die Leuchtende*«, schwärmte Fynns *Special-Kellner*.

Und da tat Fynn das auch schon wieder leid, dass er dem echt freundlichen Typen Scheiße erzählt hat, aber andererseits: Judith alias *Cindy* Schrader, *die Leuchtende!* – Wie passend war das denn?!

… und nachdem Judith, die leuchtende Vegetarierin, sämtliche Gemüsefrikadellen verputzt hatte, die sonst keiner mochte, und Cem dann die achte oder neunte Wurst mit Helge *und* Hans brav geteilt hatte, folgte der musikalische Teil von Ingos *cooler Grillfete*: Betreuerkollegin Katja packte eine Wandergitarre aus dem Sack und schrummelte ein paar Akkorde an. *Drei*, um genau zu sein. C, F und G. Das sagt dir jetzt vielleicht nichts, weil du ja auch vielleicht gar keine Gitarre spielst. Aber Bert! … *Fynn* also! *Dem* sagte das was. Weil der spielte Gitarre. Und das gar nicht mal so schlecht. Was jetzt auch mal wieder untertrieben ist, weil er spielte immerhin *so* gut, dass er schon vor vier Jahren locker in der Schulband hätte mitmischen können. Aber das kam für ihn ja so was von gar nicht infrage, weil er die einfach zu schlecht fand.

Dem Fynn also sagten die Akkorde C, F und G natürlich was, die Katja emsig auf ihrer arg verstimmten Gitarre herunterschrummelte. Und dann fing sie auch noch an zu singen. Irgendein *cooles* Kirchenlied, das alle anderen kannten und mitbrüllten. *Danke* hieß das Stück und bei Strophe *drei* hätte Fynn sich ja vor lauter Vergnügen wieder in die Rabatten hauen können, weil da hieß es: *Danke für meine Arbeitsstelle, – Danke für jedes kleine Glück. – Danke für alles Frohe, Helle – und für die Musik.*

Aber da riss sich Fynn zusammen und ließ auch die letzten Takte von *Danke* geduldig über sich ergehen. Und als Katja dann aber in der Liederfibel auf ihrem Schoß herumblätterte, um das nächste Stück mit ihrem Wanderhobel zu zerschreddern, platzte es aus ihm heraus: »**Darf ich?**«, und zeigte dabei auf Katjas Gitarre.

»Ja klar, Bert! Gerne!«, lachte die und reichte sie ihm. Spontaner Applaus von Kollege Ingo und den *Special-Groovies.*

Fynn – *dankbar* – stimmte das geschundene Instrument, überlegte, was er spielen könnte, und Judith neben ihm fragte: »Kennst du *If you want to sing out, sing out* von Cat Stevens?«

Fynn – erstaunt, dass Judith den Song kannte – nickte. Was jetzt auch keine Selbstverständlichkeit war, dass *er* den Song kannte, weil der ja auch schon an die 50 Jahre alt war. Ein echter Klassiker, der nicht totzukriegen ist.

Er schlug die ersten Akkorde an, Judith wippte dazu im Takt ganz süß mit ihrem Kopf und fing an zu singen. Glockenhell …

Well, if you want to sing out, sing out
and if you want to be free, be free
'cause there's a million things to be
you know that there are …

»*Harold and Maude!*«, seufzte Helge beeindruckt, der den Song ebenfalls kannte. Aus einem Film natürlich, wofür Cat Stevens ihn geschrieben hatte. *Harold and Maude* eben. Kultfilm!

»Quatsch, Stratmann. Das sind *Cindy und Bert*«, wusste Cem nicht, worum es ging, und Helge hatte aber auch keine Lust, es ihm zu erklären, weil er den Song hören wollte. Cem plapperte aber weiter: »Ich werde ihr Manager und bring die beiden ganz groß raus. *Ganz* groß! *Cindy & Bert!* Live aus der *Royal-Albert-Hall* in …«

»Halt die Fresse, Ötzi!«, brachte Hans neben Helge Cem zum Schweigen und da nickte nicht nur Helge ihm dankbar zu, sondern auch Ingo, Katja, Thalia und alle anderen, die der

Nummer von *Cindy und Bert* verzückt lauschten.

Fynn begleitete Judith wie ein Weltmeister und bei zwei kurzen Passagen sang er sogar eine zweite Stimme zu ihrer ersten. – … *Ahaha* … – Exakt wie im Original.

Dann: letzte Liedzeile und Fynns Schlussakkord. Tosender Applaus. Und Judith von rechts – Thalia von links, küssten Fynn spontan auf die Wangen.

»Man müsste Gitarre spielen können«, seufzte Cem neben Helge, der ebenfalls total begeistert applaudierte und als Nächstes vor lauter Begeisterung …

… aus seinem Rollstuhl hochsprang!

Da brach der Applaus auch ganz normal ab und alle guckten verdammt überrascht zu *Boris* hinüber, der gesund und munter dastand und als Einziger noch klatschte. Drei-, viermal vielleicht noch, dann war Ruhe. Helge sann darüber nach, dass er soeben den dicksten Fehler seiner gesamten Schauspielerkarriere hingelegt hatte. *Texthänger* in der Theater AG? – Kann passieren. Aber vergessen, dass man an einen Rollstuhl gefesselt ist? *Dieser* Schnitzer hier? – Unverzeihlich! *Nicht* korrigierbar!

Helge schielte zu den Betreuern Katja und Ingo rüber, die jetzt natürlich auch zu ihm herübersahen. Er malte sich aus, wie sie sich im nächsten Moment auf ihn stürzen würden, um ihm so lange die Fresse zu polieren, bis er annähernd so nuschelte wie seine Kunstfigur *Boris*. Und als sie dann auch noch miteinander tuschelten, konnte es ja wohl nur noch darum gehen, ob Katja jetzt ihre Schlagringe dabeihatte oder nicht. – Katja nickte, beide grinsten und dann …

… passierte gar nichts. Also es passierte jetzt nicht *nichts*, auch wieder klar. Aber Katja und Ingo gaben Helge einfach nur Zeichen, dass der sich wieder in seinen Rollstuhl setzen sollte. Was der natürlich auch sofort tat. Und dann – als wäre nichts gewesen – ging die *coole Grillfete* einfach weiter. Die Stars des Nachmittages hießen *Cindy und Bert* und die mussten einen Musikwunsch nach dem anderen erfüllen, was sie natürlich auch gerne taten. – Riesenstimmung.

Nur Hans neben Helge sah seinen *Rollstuhlnachbarn* die ganze Zeit irgendwie so kritisch an, bis er dann plötzlich seine linke Hand um Helges Kopf legte und diesen auf seine rechte Schulter runterdrückte.

Helge in Schieflage und auch Cem guckten Hans fragend an und der meinte einfach nur: »Muss ja alles seine Ordnung haben!«

»Jesses!«, seufzte Helge und blieb dann aber auch Hans zuliebe in der original *Special-Boris-Position*.

Und Thalia holte irgendwann ihr Smartphone aus der Tonne und machte ein paar Fotos von der Party. Für sich selbst als wirklich schöne Urlaubserinnerung und …

… für Kai Schindler.

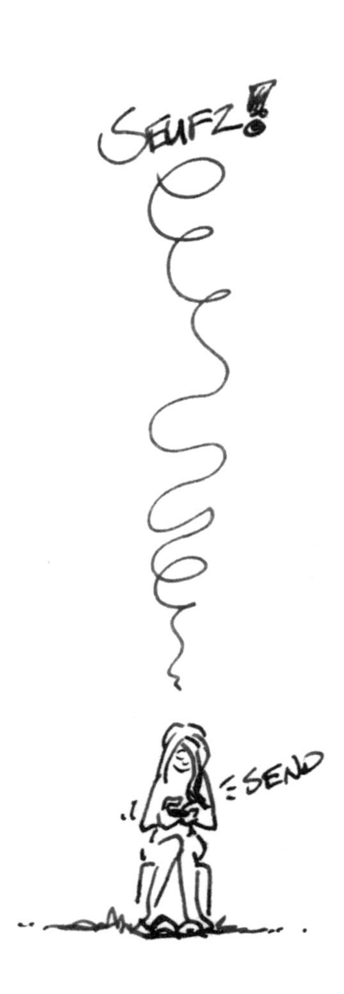

13

Pling, machte es um Punkt 15:00 Uhr in Kai Schindlers Schwimmweste. Und circa eine halbe Sekunde später hatte Kai Schindler sein Handy in der Hand, glotzte auf den Bildschirm und sagte lange nichts.

»Oh Gott, Kai. Ist es was Schlimmes?«, fragte seine Kollegin Bärbel Westerhoff hinter ihm im Kajak verdammt beunruhigt.

»Was? … Ach so, nein! … Nichts Schlimmes«, antwortete Kai Schindler etwas zerstreut und dann aber flüssiger hinterher: »Foto von Thalia. Helge sitzt in einem Rollstuhl. Links neben ihm ein anderer Rollstuhlfahrer, der versucht, Helge eine Grillwurst ins Ohr zu stopfen. Und rechts neben ihm sitzt Cem auf der Erde und raucht Gitanes ohne Filter. – Alle lachen!«

Da sagte Bärbel Westerhoff lange gar nichts und dann doch irgendwann: »Na, dann ist ja gut.«

»Geschrieben hat sie auch noch. Willst du hören, was?«, fragte Kai Schindler nach hinten, und »Nein!« war Bärbel Westerhoffs deutliche Antwort und er las vor: »Hallo, Frau Westerhoff! Wenn Sie beim nächsten Mal Herrn Schindler den Text diktieren, dann please: OHNE ›steil‹. Das sagt doch keine Sau mehr!«

»Das stimmt! *Steil* geht gar nicht«, kommentierte Boris Hartmann überraschend, der wieder mal unbemerkt mit Freund Günther auf Höhe des Lehrerkajaks paddelte.

Kai Schindler glotzte zu den beiden Denksportlern rüber und fragte leicht genervt: »Ja, was sagt man denn *dann*, bitte schön?«

»Kommt drauf an!«, antwortete Boris.

»Verstehe!«, sagte Kai Schindler.

»Cool!«, lobte Freund Günther den *alten* Deutschlehrer mit Daumen hoch und dann ließen die beiden sich aber auch schon wieder mit ihrem Kajak zurückfallen, um sich grölend auf die anderen Kanus zu stürzen, in denen der Rest vom Arschgeigensextett saß.

»Sie ist gut, die Thalia. Textanalyse sogar *sehr gut*, würde ich jetzt mal fachfremd tippen«, tippte Mathe- und Sportlehrerin Bärbel Westerhoff.

Und Kai bestätigte: »Hmhm! Sie ist clever. Nervig, aber clever!«

Dann blickte er wieder auf den Handybildschirm, dachte ordentlich nach, und als er mit *Nachdenken* fertig war, schrieb er Thalia Farahani eine neue Textnachricht. Eigenständig diesmal … ohne *Ghostwriter*.

14

Und dann hätte Helge *alias Boris* sich beinahe doch noch Ärger mit Katja und Ingo eingehandelt. Das war, als die fünf sich wieder auf den Weg machen wollten. Da wollte Helge den beiden Geld für Essen und Getränke geben. Und da meinten beide aber auch, dass er das sofort wieder wegstecken solle, wenn er denn die Gastgeber in ihrer Ehre nicht kränken wolle. Wollte der Helge nicht und steckte das Geld wieder weg.

»... und grüßt mir den armen Uwe schön«, hatte Ingo noch gegrinst, als die *Fabulous Five* mit ihren Kanus vom *Special-Camp-Ufer* ablegten. Dann paddelten sie weiter durch den Naturpark der Ardèche. Vorbei an dicht bewachsenen Ufern und Hügeln, Felswänden in jeglicher Form und natürlich auch vorbei an dieser einen ziemlich abgefahrenen Felsformation, die auch im *unbekifften* Zustand ein wenig so aussah ...

»... wie eine Kathedrale!«, fand auch Fynn.

»Okay, *Bert*! Mit viel Fantasie und wahnsinnig schlecht zusammengebastelt!«, drückte Helge ein Auge zu.

»... von deinem neuen Freund Hans!«, lachte Judith.

»Nichts gegen Hans! Hans ist ein Teufelskerl!«, meinte Cem und ...

… pling, machte es unter Thalias T-Shirt. Ihr Smartphone natürlich. Das hatte sie irgendwie unter ihr Bikinioberteil geklemmt.

»Lass nur, Schatz. Das ist für mich. Ich geh ran!«, sagte Cem zu Thalia und streckte seine Arme ungelenk nach ihren Brüsten aus.

Und da hätte er schon drei bis vier Meter lange Teleskoparme haben müssen, um da irgendwie ranzukommen, aber Thalia guckte Cem echt verständnisarm an und fragte ihn: »Aldemir, warum bist du so? Warum hast du nur immer das eine im Kopf?«

»Was genau jetzt?«, fragte Cem und zählte auf: »Weltfrieden? Soziale Gerechtigkeit? Rauchen ab zwölf? Grundeinkommen auch für Erdmännch…«

»Sie meint dein Gebagger, Cem!«, grätschte Judith ihm in sein Wahlprogramm.

Und er dann total *super*entrüstet: »Gebagger? *Ich?* ***Ich*** baggere?«

»Wie ein Weltmeister«, antwortete Fynn für Judith, und Thalia hinterher: »Praktisch gesehen baggerst du alles an, was zwei Hupen hat und nicht bei drei auf den Bäumen ist.«

Da brauchten alle eine Weile, um mit dem Bild klarzukommen, dann schmissen sie sich weg vor Lachen. Bis auf Cem, versteht sich. Der tat noch ein bisschen so, als sei er sehr entrüstet, und erklärte, dass alles, was er tat, aus dem ehrlichsten Gefühl seines leidenschaftlichen Herzens war und …

… was er sonst noch so vom Stapel ließ, kriegte zumindest Thalia nicht mehr mit, weil sie ihr Smartphone mittlerweile unter ihrem T-Shirt hervorgeholt hatte und – wie soll ich sagen – irgendwie *angemessen erregt feststellte*, dass die soeben eingetroffene Nachricht von *ihrem* Kai war. Sie las:

Sorry, Thalia! War eine blöde Idee mit Frau Westerhoff. Sie hatte es aber nett gemeint!!! Der Witz: Das ›steile‹ war meine Formulierung. (Schenkelklopf und Lachsmiley! Hö! Hö!) – Egal! Thalia, BITTE: Macht euch auf den Weg! 18:00 Uhr ist Abfahrt! Dann ist Schicht und ihr könnt zum Campingplatz laufen! (40 km!!!) – Andererseits, schöne Erfahrung: Das Leben ist eine lange, steinige Straße, auf der man mit Badelatschen unterwegs ist. Und am Ende gibt's kein Abendessen und alle hassen einen.

Schöne Grüße, K. Schindler

Thalia freute sich. *Worüber* genau, kann ich dir jetzt auch nicht sagen, weil *Heiratsantrag* war das jetzt auch nicht gerade. Was ich vermute, aber nicht hundertprozentig weiß, ist: In dieser Textnachricht konnte die *clevere* Thalia keine Fremdeinwirkung der Wester*bitch* feststellen. Kein *Smiley* hier, kein *Freumich* da. Es war einfach nur Schindler – ungefiltert, klar und deutlich. *Ihr* Kai, den Thalia so liebte. … mit *siebzehn*! Diesen alten Sack, der stramm auf die *vierzig* zuhumpelte.

Tragisch, aber egal, weil, pass auf: Thalia schrieb zurück …

Hi K.S. Sind auf dem Weg! Könnte aber später werden. Bitte nicht warten. Wir kommen klar. … auch ohne Abendessen. Und dass die Asis mich hassen, ehrt mich nur! ;-) LG

Sie ging den Text noch mal durch und schickte ihn ganz zufrieden ab. Weil immerhin hatte sie Kai Schindler nicht mal anlügen müssen. Jetzt war es schon fast fünf und laut Plan, der auf allen Kanutonnen aufgedruckt war, waren es von hier, von der *Cathédrale* also, noch rund zwei Stunden Fahrtzeit bis zum Zielort Saint-Martin. Da hätten sie schon ein paar PS-starke Wasserscooter gebraucht, um da noch pünktlich aufzuschlagen. Aber um es noch mal mit *Zottelkiffbär* Benno zu sagen: *Was ist schon Zeit?* – Die *Unglaublichen Fünf* hatten nicht vor, überhaupt noch *irgendwo* pünktlich aufzuschlagen. Saint-Martin war jetzt nur noch eine Etappe. Auf dem Weg zum Mittelmeer. Das war beschlossene Sache. Was Thalia irgendwie auch ein kleines bisschen schade fand, weil sie hätte *ihren* Kai heute Abend schon sehr gern wiedergesehen, aber …

»**Moin Moin**«, riss sie eine Männerstimme aus sämtlichen Berechnungen und liebesverstrahlten Gedanken.

Thalia und Judith in ihrem Kajak und die drei Jungs im Kanadier daneben guckten links zum Ufer rüber und sahen dort sechs junge Typen, Anfang/Mitte 20 oder so. Entspannt saßen sie vor einem kleinen Lagerfeuer. Hinter ihnen ein paar Zelte mit sechs alten Vesparollern drum herum – top restaurierte Oldtimer.

»**Kleine Erfrischung für die Därns gefällig?**«, rief der eine wieder mit verschärft norddeutschem Slang.

»**… und für eure Bubis natürlich auch, wenn die dürfen!**«, ergänzte der Typ daneben gut gelaunt und hielt seine Flasche *Flensburger* hoch – was ein Bier ist.

Da haben die *Därns*, also die *Mädchen* jetzt, natürlich gar nicht drauf reagiert und so getan, als wären die sechs groß gewachsenen Kerls von der Waterkant nicht mehr als ein laues Abendlüftchen. Was dem Fynn aber irgendwie unangenehm war, weil er schätzte, dass die Typen einfach nur nett sein wollten. Weshalb er dann zu ihnen rüberrief: »**Nein danke, Jungs!**«, und …

… Cem aber direkt hinterher: »**Immer nur ein Behindertencamp pro Tag!**«

»Aldemir, lass es einfach!«, hatte Helge ihm genervt zugezischt.

»**Wie war das?**«, hakte da aber auch schon Kerl Nummer eins vom Ufer verdutzt nach.

Worauf Cem ihn über beide Backen ansmilte und ihm noch etwas zurief. Auf Türkisch dann aber.

Und da muss ich dir jetzt sagen, dass meine Türkischkenntnisse etwas eingerostet sind, aber macht nix, weil der Typ, der gefragt hatte, verstand jedes Wort. Achmed, sein Name. Nach außen hin voll der ausgewachsene Friese, innerlich aber mit amtlichem Migrationshintergrund. Türkischstämmig. Vorgeschichte in der dritten oder vierten Generation. – Such dir was aus und schreib mir, was politisch korrekt ist! Dann streich ich den Rest. Oder mach du direkt selbst! Ist einfacher.

Fakt jedenfalls: Achmed aus Emden verstand jedes Wort, das Cem ihm zugerufen hatte. Und dann sprang er auch schon mit breitem Kreuz in die Ardèche, kraulte auf den Kanadier zu, packte ihn mit seinen kräftigen deutschtürkischen Händen am Heck und drehte ihn einfach um.

Und nachdem auch Cem wieder an der Wasseroberfläche aufgetaucht war und direkt in die nordseegrünen Augen von Achmed blickte, fragte der ihn ruhig: »Warum genau sollten wir uns ins Knie ficken und du meine Mutter … *Bruder?*«

Und jetzt – Weltneuheit: Cem schwieg. Nichts fiel ihm ein, was er darauf hätte antworten können. Vielleicht war das aber auch nur so eine Art Instinkt, irgendein Überlebensding in Cems Gehirn, das sein Sprachzentrum mal für eine Weile lahmgelegt hat, weil: Achmed war sauer. Schwer sauer war der!

Cem sagte also lange und ausschweifend gar nichts und sah mit den anderen dann einfach auch nur noch zu, wie Friesenjung Achmed sich die Kordel vom Bug des Kanadiers schnappte und mit ihm im Schlepptau zurück zum Ufer schwamm.

»Das hast du fein gemacht, Cem! Ehrlich! Ganz große Klasse!«, lobte Fynn den Cem genervt. Und ebenso begeistert legte Helge nach: »Dem Supermann aus Istanbul erst mal sagen, dass man Geschlechtsverkehr mit seiner Mutter haben möchte. Top-Begrüßung, *Özmut*! Alle Daumen hoch!«

Und da sah Cem schon, dass Thalia und Judith auch noch die ein oder andere kritische Anmerkung auf Lager hatten, weshalb er schnell sagte: »Ich klär das!«, und zum *Friesenufer* schwamm, um die Angelegenheit zu klären.

Fynn, Helge, Thalia und Judith schwammen und paddelten derweil an das gegenüberliegende Ufer und …

… keine drei Minuten später schwammen und paddelten sie Cem aber auch schon hinterher. Weil – lange Leitung und das alles – ihnen war eigentlich von Anfang an klar, dass Cem gar nichts klären kann. Cem kann Dinge schlimmer machen. Das war sein Spezialgebiet. Immer schon gewesen und …

… kurzum: Als Fynn, Helge, Thalia und Judith am anderen Ufer ankamen, hörten sie Cem gerade zu Achmed sagen: **»Ja, was soll die Scheiße jetzt noch. Ich hab mich entschuldigt und gut is. Und jetzt gib mir das verfickte Boot zurück und niemandem passiert was!«**

»Falsche Antwort!«, informierte einer von Achmeds Freunden den Cem.

»So sieht's aus, Sven!«, meinte Achmed zu ihm und zu Cem: »Entschuldigungen gehen anders.«

»Scheiße, Mann, was willst du hören? – Bei Allah, ich bereue den Tag meiner Geburt – oder was?!?«

»Besser!«, meinte ein anderer von Achmeds Mannen, der vielleicht Barne oder Boie hieß. Ich weiß nicht mehr. Ist aber auch eher unwichtig, wie der hieß, weil wirklich interessant für den weiteren Verlauf dieser Begegnung ist, dass Cem darauf gelangweilt herunterspulte: »Bei-Allah-ich-bereue-den-Tag-meiner-Geburt … du Wichser!«

Und du ahnst es schon: Achmed nahm die Entschuldigung *nicht* an. Sprachlos glotzte er erst Cem an und dann aber auch noch mal zu Judith hinüber, die – um vielleicht Schlimmeres zu vermeiden – ihm vom Ufer aus erklärte: **»Er kann nichts dafür! Unser Özmut hat *Tourette*!«**

Und falls dir das jetzt nichts sagt: Das Tourettesyndrom ist eine Nervenerkrankung. Eines seiner Symptome ist das zwanghafte Herausschleudern obszön-aggressiver Ausdrücke. Möchte man ja auch nicht haben … einerseits! Andererseits: Freibrief! Ich meine, stell dir vor: Du hast es mit einem grundunsympathischen Typen zu tun, sagen wir: *Busfahrer* und …

… sagen wollte ich eigentlich nur, dass Achmed darauf zu Judith meinte: »Das ist Bullshit! Euer Özmut will einfach nur ein paar aufs Maul und die kriegt er gleich auch, wenn er nur noch *ein* falsches Wort sagt!«

»Huuuh, jetzt krieg ich aber Angst … du *Vesparoller-Rockerboss*, du«, hörte Cem einfach nicht auf, dem Achmed auf den Sack zu gehen.

»Apropos: Starke Teile sind das. Seid ihr damit den ganzen Weg hier runter?«, wollte Fynn neben Judith dann geschickt vom Thema ablenken und zeigte auf die alten, liebevoll gepflegten Vesparoller mit Emdener Nummernschild.

»Du willst vom Thema ablenken, Typi. Das geht klar«, durchschaute einer von Achmeds Hünen-Kumpeln das schlichte Manöver.

»Nix geht hier klar. Der Kanadier gehört auch uns. Und ohne können wir nicht weiter, verstehst du?!«, erklärte Helge dem Friesenriesen, der Tile, Tjade oder vielleicht auch Silke hieß.

»Vollstes Verständnis, Alder«, antwortete Achmed jedenfalls darauf. »Und ihr kriegt den Kanadier auch zurück, sobald sich der kleine Kanacke hier vernünftig entschuldigt hat.«

»Sag noch einmal *Kanacke* zu mir und …«, drohte Cem mit nichts und Thalia fiel ihm ins Wort: »Vorschlag: Die Jungs kriegen ihren Kanadier zurück und ihr dürft den Kanacken behalten. Deal?«

Da klappte Cem einfach nur einfallsfrei die Kinnlade herunter und Achmed meinte: »Nope! Kein Deal! Ich will den hier nicht. Er soll sich einfach nur entschuldigen.«

Und Cem darauf genervt: »Ja, leck mich doch am Arsch! **Entschuldigung! Entschuldigung! Entschuldigung!** Sind wir jetzt fertig? Ich hab noch einen Termin!«

»Seht ihr? Nicht echt! Er kapiert es einfach nicht«, erklärte Achmed.

Cem verdrehte noch mal die Augen, kehrte Achmed demonstrativ den Rücken und schlurfte die kurze Böschung hoch, vorbei an dem Lagerfeuer bis zu den Vesparollern und den Zelten.

»Ja, Herrgott. Das ist jetzt aber wirklich ein bisschen albern, oder?! Wie alt bist du, Mann?«, schimpfte Judith.

»Wer jetzt? Euer Özmut oder unser Achmed?«, wollten die Friesenjungs wissen, während sich Cem hinter ihnen genervt gegen einen blitzgelben Vesparoller lehnte – den von Achmed zufälligerweise. Was ein Fehler war, dass er das tat, weil das gute Stück dann auch gleich umkippte. Voll in das danebenstehende Zelt rein. Glück für Cem war, dass Achmed und seine Emdener Gang das nicht mitbekommen hatten, weil die alle miteinander jetzt mit dem Rücken zu ihm standen und sich mit Judith und den anderen unterhielten. *Die* wiederum hatten den frontalen Blick auf ihren Cem. Das heißt, erst sahen sie auch nur seine strampelnden Beine, weil der Rest von ihm mit dem Vesparoller in dem eingeknickten Zelt verschwunden war.

Und schlau dann: Wie verabredet gaben Fynn, Helge, Thalia und Judith nun alles, um die Aufmerksamkeit der sechs Kerle aus Emden auf sich zu lenken. Jedenfalls so lange, bis Cem mit seiner *Dick-und-Doof-Nummer* fertig war und er den Vesparoller wieder ordentlich aufgerichtet hatte.

Helge also schlau zu Achmed: »Öhmmm … sagt mal, von wo kommt ihr denn her?«

Und Achmed zurück: »… aus Schlumpfhausen, bitte sehr!«

Hammergag! Wenigstens die Emdener lachten sich schlapp. Cem im Hintergrund hatte sich aus den Zeltwänden befreien können und hob nun den gelben Blitzbomber von Achmed an. Weitgehend erfolglos auch, weil der linke Rückspiegel von dem Ding sich in einer Zeltschnur verheddert hatte.

»Okay, Scherz beiseite. Wir kommen aus Emden«, antwortete Achmed dann doch noch mal ordentlich und Biarne, Björne oder wie auch immer ergänzte: »… aus der Metropole Ostfrieslands.«

»Wow, wie geil ist das däääänn?!«, schwärmte Thalia so dermaßen überdreht niedlich, dass es schon fast wehtat.

»Unbeschreiblich geil«, antwortete Achmed total gelangweilt.

Derweil hatte Cem es geschafft, den Roller von der Zeltschnur zu lösen, indem er das Gestänge des Rückspiegels mit roher Gewalt um 180 Grad nach unten gedrückt hatte.

Fynn sah, wie Cem den Roller nun mit Leichtigkeit wieder in die Senkrechte hob. Und dann wollte er ihm noch ein bisschen Zeit verschaffen, damit er den Rückspiegel auch noch gerade biegen konnte, weshalb er zu Achmed sagte: »Meine Oma kommt auch aus Emden.«

Achmed guckte Fynn an, als hätte ihm der gerade mitgeteilt, dass im Süden Chinas, so drei Kilometer vor Yunjinghong, gerade mal wieder ein Sack Reis umgefallen ist. Und dann war diese Konversation eh beendet, weil einer von Achmeds Kumpels sich doch zufällig zu Cem umdrehte und ihn auch ganz normal anschnauzte: »Hey, Meister. Was soll *die* Scheiße jetzt?«

Und da guckten sich natürlich auch Achmed und der Rest der Gang sofort um und sahen zwischen dem eingerissenen Zelt und der strahlend schön gepflegten Vespa Cem, wie er an dem verbogenen Rückspiegel herumfummelte.

»Es … es tut mir leid! Sorry!«, sagte Cem schnell und aufrichtig …

… und um zu verstehen, was nur drei bis vier Sekunden später folgte, muss man wissen, dass in Achmeds Vesparoller ein Zweitaktmotor verbaut ist. Praktisch: ein Verbrennungsmotor, der Benzin benötigt, um den hinteren Ballonreifen mit mörderischen sieben PS in den Asphalt drücken zu können. Von Friesland bis an die Ardèche! Wahnsinn! Das muss man erst mal bringen. Ich meine, so eine Kiste fährt höchstenfalls achtzig, getunt vielleicht sogar hundert. Darfst du dich aber auch nicht mit erwischen lassen, weil das richtig Ärger gibt und …

… Thema wieder: Verbrennungsmotor! Auch Achmeds Vespa braucht Benzin. Und der Tank von Achmeds Vespa war voll. … also *war gewesen*. Gnadenloses Plusquamperfekt hier, weil: Während die Vespa mittels Cems Trotteligkeit mal für eine

Weile auf der Seite lag, ist auch jede Menge Benzin aus dem Tank gelaufen. Auf das Zelt. Und von dem Zelt das kleine Gefälle bis zum Lagerfeuer hinunter.

Wupp, machte das entfachte Benzin, als es dann eben drei bis vier Sekunden später das Lagerfeuerchen erreicht hatte. Und überraschend schnell züngelte die Benzinflamme auch wieder die Böschung hoch und setzte erst das Zelt und gleich drauf die strahlend schön gelbe Vespa von 1982 in Brand. – ***Wupp!***

»Es … es … es tut mir wahnsinnig leid und ich entschuldige mich für meine Anwesenheit!«, ratterte Cem erschrocken schnell herunter.

»Fuck!«, war da erst mal nur Achmeds panische Antwort, der sich sofort mit seinen Kumpels daranmachte, das Feuer auszutreten. Was jetzt nicht *ganz* so einfach war, weil barfuß ein Benzinfeuer austreten: einfach nicht der Burner! Also irgendwie schon, aber im negativen Sinne dann.

… egal: Achmed und seine Männer bekämpften irgendwie das Feuer und währenddessen suchten Cem, Fynn, Helge, Thalia und Judith das Weite. Das eingespielte Lady-Team sprang in das Kajak und schoss damit die Ardèche hinunter. Die Jungs stürzten sich auf den Kanadier, schoben ihn zurück ins Wasser und paddelten den beiden Mädels hinterher. Nicht *ganz* so eingespielt. Weil wer was wann und wo macht in einem Dreierkanu, das hatten die Jungs immer noch nicht so richtig drauf. Was jetzt ein echter Nachteil war. Weil kurz nachdem sie vom Friesenufer abgelegt hatten, waren Achmed und zwei seiner Kumpels auch schon hinter ihnen hergesprungen.

»Schätze, die haben das Feuer unter Kontrolle gekriegt«, schätzte Fynn die Lage ein, als er die drei Verfolger rund 300 Meter hinter dem Kanadier entdeckte.

Auch Cem und Helge guckten sich um und Cem fragte: »Ja, und wo sind die anderen drei Spacken?«

»Die sind verbrannt. Verlust ist immer«, antwortete Helge trocken.

»Nicht witzig, Stratmann!«, meinte Cem, der alte Brandstifter, und dann schaufelten alle drei mit ihren Stechpaddeln noch hektischer durch die Ardèche den Mädels hinterher. Was ihren Eierkurs allerdings nicht gradliniger machte, weshalb Achmed und seine kraulenden Friesenfreunde Meter für Meter aufholten. Bis zum *Cirque de la Madeleine*. Ein Flussabschnitt, der besonders beeindruckend ist, weil die Ardèche hier, eingerahmt von den gigantischen Felswänden, in einer engen Schleife verläuft. Praktisch gesehen so eine Art *U-Turn*.

Die Ladys waren außer Sichtweite, weil sie die Windung um den bewaldeten Hügel schon längst passiert hatten. Die Jungs wackelten hinterher, wobei die Strömung hier ihren Kanadier gegen ihren erklärten Willen immer wieder an der Felswand vom linken Ufer entlangschrappen ließ. Und die Friesen holten stark auf. – An die hundert Meter Luftlinie vielleicht noch, dann hatten die Emdener die Eier-Crew erreicht.

Dann: Auch die Jungs hatten die Schleife passiert und waren nun selbst für die norddeutschen Athleten für kurze Zeit nicht mehr sichtbar.

»**Hier hoch!**«, hörten die Jungs Thalia und Judith vom linken Ufer zischen. Die beiden waren an Land gesprungen und hatten sich mit ihrem Kajak hinter einem breiten Felsen versteckt. Die Jungs gehorchten, kletterten ebenfalls an Land und zogen auch den Kanadier hinter den Felsen.

Keine Sekunde zu früh. Judith schaffte es gerade noch, Fynns Gesicht in den Staub zu drücken, da kraulten auch schon die drei sportlichen Herren aus dem hohen Norden um die Flussbiegung und kurz darauf an ihnen vorbei. Keine zwei Meter von ihnen entfernt.

»Schwachköpfe!«, knurrte Cem ihnen nach, als er sich sicher sein konnte, dass sie ihn auf keinen Fall mehr hören würden.

»Das sagt ja mal der Richtige«, meinte Fynn.

Und da wollte Cem das natürlich noch kommentieren und ließ es aber bleiben, als er merkte, dass die Schwingungen in der Gruppe gerade mal nicht die besten waren.

»Okay, mein Fehler! Es tut mir leid! Wollen wir drüber reden?«

»Nein, wollen wir nicht, Schwachkopf, dämlicher!«, machte Thalia Cem klar.

Und dann war das Thema aber auch wirklich durch, als Judith im nächsten Moment überraschenderweise den Spanngurt von ihrer Kanutonne löste und sie aus dem Kajak hob.

»W… was hast du vor?«, fragte Fynn sie.

»Was ich vorhabe?«, fragte sie fast erstaunt zurück und erklärte ganz selbstverständlich: »Wir müssen hier weg. Ich meine, Achmed und seine beiden Freunde werden ja auch irgendwann zurückkommen. Hierher wahrscheinlich. Also am Ufer entlang.«

Fynn, Cem, Helge und Thalia guckten sich kurz an und lösten dann aber auch im nächsten Moment ihre eigenen Tonnen von den Kanus.

»Wo lang?«, fragte der startbereite Helge mit Tonne unterm Arm Judith, die offenbar kurzzeitig die Führungsrolle übernommen hatte.

»Da rauf!«, antwortete sie und zeigte zu dem dicht bewachsenen Hang, der nach rund 200 Metern in eine Steilwand überging.

Und allein bei dem Gedanken, in absehbarer Zeit eine senkrechte, mordsmeterhohe Felswand ohne Seil, aber mit Kanutonne hochkraxeln zu müssen, hätte Fynn in einem breiten Strahl in die Ardèche reihern können.

»Das ist nicht dein Ernst, oder?«, fragte er Judith.

»Ja, aber natürlich. Zurück geht ja nicht. Weil da würden wir den drei anderen Freunden von Achmed in die Arme rennen.«

»Die sind verbrannt!«, meinte Cem müde.

»Nicht witzig!«, meinte Thalia und dann …

… sind alle miteinander rein in das Dickicht und den Hang hoch. Richtung Steilwand.

15

Halb sieben zeigte Kai Schindlers Armbanduhr. Abends, versteht sich. Was hieß, dass er jetzt ein paar Hundert Meter oberhalb von Saint-Martin seinen persönlichen Tagesrekord längst geknackt hatte. Also in der Disziplin *Am-Ufer-doof-auf-Kanutonnen-rumhocken-und-auf-fünf-Idioten-warten*. Und das jetzt auch noch im Alleingang. Weil Bärbel Westerhoff war mit der Klasse schon vor rund 15 Minuten in den Bus geklettert, der sie nun zurück zum Camp brachte. Und jetzt saß Kai Schindler eben alleine hier rum und ärgerte sich ein wenig. Darüber konkret, dass seine werte Kollegin außer Steinewerfen, Kanufahren und Plänelesen auch *Schnick-Schnack-Schnuck* offensichtlich besser beherrschte als er selbst. Jedenfalls hatte sie ihn in der dritten, alles entscheidenden Runde fertiggemacht. Mit ihrem *Papier* gegen seinen *Stein*.

Gespielt hatten sie natürlich darum, wer von beiden zurückbleiben musste, um auf die fünf Nervensägen zu warten und sie per Großraumtaxi zum Camp zurückzubringen. – Er dann eben. *Loser* Schindler.

Er saß also da am Ufer der Ardèche und sah zu, wie andere Schnarchnasen mit ihren Kanus eintrudelten. Einer der Kanuverleiher schimpfte ein wenig mit einem Pärchen, das ebenfalls die Zeit vergessen hatte. Das gefiel dem Kai und inspirierte ihn. Er malte sich aus, wie er seine fünf Schüler einzeln und sorgfältig zusammenfalten würde. Er dachte über angemessene Strafen nach. *Latrinenschrubben mit den eigenen Zahnbürsten* war eine seiner schönsten Ideen.

Letztendlich würde es auf *Taschengeldkürzung* und *Handyentzug* oder so was für die verbleibenden zehn Tage hinauslaufen. Alles andere würde er eh nicht bei seiner Kollegin durchkriegen. Leider.

… was im Grunde genommen aber auch vollkommen egal ist! Noch neun Tage und der Rest von heute, dann bin ich sie *alle* los. Dann bin ich ***frei!***, dachte Kai Schindler zufrieden und dann …

… machte sein Smartphone in der Seitentasche seiner Cargohose ***pling***. – Kai Schindler zog es heraus, switchte es an, um zu sehen, wer ihm geschrieben hatte, und dann war es natürlich seine emotional verirrte Schülerin Thalia Farahani. Und die schrieb:

> *Haben 1 Zelt und 1 Scheißroller abgefackelt. Die Typen voll angepisst. Wir auf der Flucht! Aber: Mir geht's gut. Ihnen auch?*
>
> *LG T.*

Kai Schindler starrte noch eine ganze Weile auf das Display seines Smartphones, bis er schließlich langsam zur Ardèche hochguckte und ungefiltert in die Landschaft sprach: »Fuck!«

16

»Wem schreibst du da?«, fragte Cem Thalia und Thalia antwortete Cem: »Das geht dich immer noch einen Scheiß an!«

»Man wird ja wohl noch fragen dürfen«, zickte der rum, worauf Fynn neben ihm anmerkte: »… aber nicht dreiundzwanzigmal dieselbe Frage hintereinander. Das nervt, Mann!«

»Yep!«, bestätigte Helge kurz und knapp und reichte Judith ein Stück von dem Apfel, den er gerade mit seinem Taschenmesser zerteilt hatte. Praktisch gesehen: Nachtisch für alle.

Fynn hingegen lehnte dankend die Gitane ab, die Cem ihm nun anbot, und blickte wieder zum glutroten Horizont, wo die gute alte Sonne gerade mal wieder zwischen zerklüfteten Wolken unterging. Die Friesen hatten sie offensichtlich endgültig abgehängt und die Aussicht von ihrer Höhle aus, in der sie nun saßen, war fantastisch. Fynn war mächtig stolz, dass er den Aufstieg wie alle anderen durch die Steilwand bis dorthin geschafft hatte. Mit seiner Kanutonne unter dem Arm. Was jetzt auch nicht das ganz große Kunststück war. Das wusste er selber. Aber für jemanden, der nicht schwindelfrei ist, war's eben doch schon ein bisschen was.

Wie auch immer: Sie hatten die Höhle am Fuße der Steilwand entdeckt und beschlossen, dort zu übernachten. Holz wurde für ein Lagerfeuer gesammelt, das Cem, der alte Pyromane, mit seinem Benzinfeuerzeug entfachen durfte. Kontrolliert diesmal. Judith hatte belegte Brote dabei, Helge – wie gesagt – den Apfel und Thalia konnte eine noch fast volle Einliterflasche Cola zu ihrem gemeinsamen Abendbrot beisteuern. Die war lauwarm und Judiths Brotaufstrich irgendwie undefinierbar. Aber Fynn sprach aus, was alle dachten: »Es ist das geilste Abendessen meines Lebens.«

»Den Spruch hat doch euer Jesus rausgehauen. Beim letzten Dinner, stimmt's?«, grinste Thalia.

»*Abendmahl*, nicht *Dinner*«, korrigierte Judith sie und Helge ergänzte mit bebender Stimme wie ein Pfarrer von der Kanzel herab: »**… und Jesus erhob den Kelch mit der Frucht der Weinrebe darin und sprach: Hau weg, die Scheiße!**«

Nicht bibelfest, aber witzig. Die Ladys und Fynn lachten und Cem prustete lauwarme Cola in die Abendlandschaft.

»Du solltest Comedian werden. Das ist dein Ding, *Boris*!«, meinte Thalia zu Helge.

»Danke für die Blumen, aber …«, bedankte Helge sich bei ihr, druckste ein wenig herum und gestand ihr und den anderen dann: »… eigentlich würde ich viel lieber Schauspieler werden. Und Regisseur. Ganz ernsthaft: Film! *Das* ist mein Ding!«

Und da kannst du dir jetzt vielleicht vorstellen, wie überrascht Fynn Dreyer Helge Stratmann von der Seite anglotzte – *ihn*, seinen zukünftigen Boss, der gar kein Boss sein wollte.

»Tja, so sieht's aus, Mitarbeiter Dreyer«, sagte Helge, als hätte er Fynns Gedanken lesen können.

Und weil die anderen so gar nicht peilten, was Helge meinte, erklärte Fynn: »Ich mach eine Ausbildung. Zum Mediengestalter. Nach den Ferien geht's los. In der Druckerei von Herrn Stratmann, die dieser Typ hier eines Tages übernehmen wird. *MediaTec* oder *-Mac* oder so ähnlich.«

»*Druck- und Medienhaus Stratmann GmbH*«, korrigierte Helge seinen zukünftigen Mitarbeiter.

»Ach … und ich dachte …«, dachte Fynn irgendwas und Helge grinste: »Nicht denken, sondern machen! Merk dir die Scheiße mal, bevor ich dein Boss werde und dich dann rausschmeißen muss.«

»Dann weiß ich ja schon mal, was ich mir auf gar keinen Fall merken werde, weil ich eh nicht den allergrößten Bock auf den Job habe«, konterte Fynn.

Da guckte Helge zur Abwechslung mal mächtig überrascht aus der Wäsche und grinste dann aber auch: »Du bist mein Mann, Dreyer!«

Die beiden klatschten sich ab und Judith meinte: »Super Einstellung. Das kann ja heiter werden.«

»Ich gebe dem Laden maximal zwei Wochen. Dann haben ihn *Hanni und Nanni* hier vor die Wand gefahren!«, war Cems Prognose.

»Auch nicht schlecht. Wir taufen den Laden um in *Hanni und Nanni GmbH*«, grinste Fynn und Helge hinterher: »Sehr gut … *Hanni*. So machen wir das. Da wird sich vor allem mein alter Herr freuen.«

»Jetzt mal ernsthaft, Mädels. Warum macht ihr den Scheiß mit, wenn ihr nicht wirklich wollt?«, fragte Thalia die beiden.

Fynn dachte über die bestechend simple Frage nach und antwortete schließlich: »Irgendeinen Scheiß muss man ja mitmachen.«

»… sprach der Lemming und folgte der Meute in den Abgrund!«, setzte Cem da wieder einen drauf, fummelte sich eine Zigarette aus der Packung, warf sie sich sportlich zwischen die Lippen und zündete sie sich an.

»Also erst mal mach ich ja Abi«, machte Helge dann aber auch noch mal klar. »… und danach kommt Studium für Drucktechnik … oder BWL. Vielleicht auch beides. Mal schauen.«

Und dann guckte Helge noch mal zu Fynn rüber und grinste: »*Mediengestalter* jedenfalls auf gar keinen Fall. Das sind ja nur meine persönlichen Sklaven.«

»Ja, Massa! Ich guter Sklave«, wimmerte Fynn noch mal extra unterwürfig.

»*Mediengestalter! Ich* finde, das klingt sehr interessant«, brachte Judith dann aber auch endlich mal einen erbaulichen Gedanken in die Runde. Und Fynn darauf auch ernsthaft zurück: »Ist es wahrscheinlich auch. Und ich beschwer mich ja wirklich nicht. Es ist alles nur so … wie soll ich sagen …«

»… unsicher?«, tippte Judith.

»… stressig?«, tippte Thalia.

»… endgültig?«, tippte Helge.

»… schwul?«, wollte Cem noch mal extrawitzig sein und da rollten aber auch nur alle die Augen und Fynn meinte: »Bis auf *schwul* von jedem ein bisschen und … *zufällig* auch! Ja genau: Es ist alles so *zufällig*! Versteht ihr? Angenommen, Herr Stratmann hätte keine Druckerei, sondern einen – was weiß ich – Klamottenladen.«

»Dann würden wir so was wie Kollegen werden, Herr Dreyer. Weil ich fang nach den Sommerferien bei *H&M* an«, sagte Thalia darauf.

»Ach … jetzt ehrlich?«, fragte Judith mit echter Enttäuschung nach.

»Ja, warum denn nicht?! Ich steh auf Klamotten. Ich kenn mich aus. Und Schule geht mir auf den Sack. Wo ist das Problem?«

»*Du* bist das Problem!«, antwortete Cem für Judith, und bevor er wieder einen drüberkriegte, schob er schnell hinterher: »Du bist zu schlau für den Job. Du hast mehr drauf als die Endgenies von *H&M*.«

»Da hat er recht«, bestätigte Judith vorsichtig.

»Mein Gott, wenn sie doch will?! Klamotten einsortieren, Klamotten falten, Klamotten verkaufen … ist doch toll!?!«, meinte Helge.

»Willst du mich verscheißern?«, fragte Thalia da auch direkt nach.

»Ja!«, war Helges Antwort.

Pling, machte Thalias Smartphone da wieder, was vielleicht Glück für Helge war. Die WhatsApp von Kai Schindler war ihr anscheinend wichtiger, als Helge angemessen die Fresse zu polieren.

Thalia las die Nachricht, Cem verkniff sich diesmal nachzufragen, wer geschrieben hatte, zog stattdessen an seiner Gitane und hustete einen hübschen Kringel in die südfranzösische Abendlandschaft.

Und Fynn blickte zu Judith rüber, die nun gedankenverloren in das Feuer guckte, und fragte sie: »Wie sieht's denn bei dir aus, Judith. Schon eine Idee, was du mal machen wirst?«

»Ich? *Ich* nicht, aber meine Eltern! – Also Abi mache ich natürlich ganz klar und … und dann würden meine Eltern gern sehen, dass ich in ihre Fußstapfen trete. *Jura* also. *Staatsanwältin* wie meine Mutter oder *Richterin* wie mein Vater.«

»Dein Vater ist also Richter***in*** geworden«, stellte Helge extradoof fest und Judith dann aber auch schlagfertig: »Exakt. Wegen der Perücken und der langen schwarzen Roben, verstehst du?! Die fand mein Dad immer extrem sexy.«

Da hatte Judith die Lacher auf ihrer Seite und Fynn fragte

[illegible] ihr nach: »Und wenn die Fußstapfen nicht wären. W[illegible]est du am *allerliebsten* werden?«

»Tsja … ganz ehrlich?«, fragte sie und schob auch schon gleich die Antwort hinterher: »Erzieherin! Ich wäre, glaube ich, gern Erzieherin. Im Kindergarten mit den Kleinen spielen, singen und basteln.«

»*Mit den Schreizwergen singen!* Ich glaube, es hackt. Das sind Perlen vor die Säue!«, knurrte Thalia hinter ihrem Smartphone. Voll multitask auch, weil sie gleichzeitig mit der Texteingabe einer weiteren WhatsApp beschäftigt war. … könnte ich ja nicht. Ich bin mehr so *anti*task unterwegs. Immer hübsch eins nach dem anderen und …

… sagen wollte ich: Thalia brachte auf den Punkt, was auch Fynn dachte. Judith hatte nun mal diese verdammt gute Stimme, mit der sie es weit bringen konnte.

… einerseits. Andererseits: Irgendjemand musste auch Erzieherin werden. Und Judith wollte gern. Also warum dann eigentlich nicht?! Für alle Kinder dieser Welt wäre Judith jedenfalls ein echter Glücksfall, da war Fynn sich sicher. Und dann überlegte er noch, ob er ihr das nicht genau so sagen sollte, und …

… dann sagte Cem aber schon: »Das mit den Fußstapfen kenne ich. Ich, beispielsweise, lebe in einer wahren Dynastie von Opelanern.«

»Wusst ich's doch, Aldemir. *Opelaner!* Du bist ein schräger Alien«, grinste Helge.

Und da verdrehte Cem zur Abwechslung mal die Augen und zählte auf: »Meine beiden Brüder arbeiten bei Opel, mein Vater, auch mein Großvater hat da gearbeitet und de[illegible] meinem Großvater und der Vater seines Schwage[illegible].« Cem hielt inne, nahm noch einen weiteren kräftigen Zug von seiner Gitane und dampfte nachdenklich aus: »… was ich mich ja schon sehr, sehr lange frage, ist: Warum steht das mit keiner Silbe im Koran? Ich meine: *Mohammed!* Ihr wisst schon, der Prophet. *… und Mohammed zog in die Wüste. Mit einem Kamel. Und siehe, das Kamel war gut und es hieß …* ***Opel***. – Steht da alles nicht drin, im Koran.«

»Tjömm …«, grinste Judith. »Das wird schon seine Gründe haben«, und Fynn fasste ordentlich zusammen: »Du wirst also ebenfalls bei Opel anfangen.«

»Natürlich *nicht*, Mann«, antwortete Cem. »Ich werde Surflehrer in Australien … oder türkischer Staatspräsident. Je nachdem, welcher Verein sich zuerst bei mir meldet.«

»Das könnte dauern!«, gab Helge zu bedenken.

»Ich weiß. Deswegen bleibe ich auch erst mal an der Schule, mach Abi und dann wird man sehen«, grinste Cem und dann noch breiter grinsend hinterher: »… aber vielleicht mach ich es ja auch wie Thalia, breche ab und fang bei *H&M* an.«

»… zu kompliziert für dich!«, stöhnte Thalia, ohne von ihrem Smartphone hochzusehen.

Da lachten wieder alle … und am lautesten wohl Cem selbst. Dann war Thalia fertig mit ihrer neuen WhatsApp an Schindler. Sie schickte sie ab, legte ihr Handy weg und schaute dann auch mal zu dem Abendhimmel rüber, an dem die Sonne soeben spektakulär unterging.

»*H&M*, Schule, Ausbildung … es ist alles kackegal!«, sann sie höchst feinsinnig nach.

Worauf Judith leicht besorgt nachfragte: »Thalia, alles in Ordnung mit dir?«

Und da drehte Thalia ihren Kopf zu Judith herum und meinte erstaunt: »Ja klar, Schätzchen! Alles im smarten Bereich hier. Sagen wollte ich ja auch nur: Es ist alles *sehr* egal, weil wir die fünf sind, die morgen weiter zum Mittelmeer paddeln. Und das ist das Einzige, was zählt!«

»Du bist meine Schwester!«, haute Judith darauf unkontrolliert begeistert raus, drückte Thalia einmal ganz doll und *alle* zusammen brüllten dann noch mal euphorisch den ersten zarten Stern am Nachthimmel an: **»La mer! La mer! La fucking mer! Wir kommen!«**

… die Stimmung da in der Höhle, rund 200 Meter über der Ardèche, war also top. Fynn, Cem, Helge, Thalia und Judith brüllten zusammen, lachten zusammen, aßen und tranken zusammen. Nach fünf ganzen Schuljahren extrem getrennter Wege. Wer hätte das gedacht?!

Und dann musste Thalia mal pinkeln. Okay, das ist jetzt vielleicht ein bisschen zu viel Information, aber sie musste halt und ging dann auch. Und interessant daran ist eigentlich auch nur, dass sie bei diesem Vorgang ihr Smartphone zurückließ.

17

Ich bin ein schlechter Mensch, ging Kai Schindler – da, am Ufer in der Abenddämmerung sitzend – hart mit sich ins Gericht. Also *nachdem* er sich dabei ertappt hatte, dass seine allererste Sorge seinem Sabbatjahr galt und nicht seinen Schutzbefohlenen auf der Flucht. Weil, *wenn* sein Chef, der Rektor Ulbrich also, von dieser dummen Geschichte Wind bekäme, würde er ihm mit Sicherheit einen brauchbaren Strick draus drehen und das Sabbatjahr streichen. Weil er den Schindler in der Schule brauchte. … und weil da ja auch immer eins zum anderen kommt: Der Ulbrich konnte den arroganten Herrn Doktor wirklich nicht ausstehen. Was man vielleicht auch ein bisschen verstehen kann, weil andersrum nahm der Herr Doktor *das Ulbrich-Hutzelmännchen*, wie er seinen Chef liebevoll nannte, auch wirklich nicht besonders ernst.

Kai Schindler in Sorge um sein Sabbatjahr urteilte also hart gegen sich selbst und …

… dann hatte er sich gewissenstechnisch aber auch wieder schnell im Griff, weil er stand im Kontakt mit *dieser kleinen Zicke* – Thalia also. Er wusste nun, dass es ihnen allen gut ging

* JUBILÄUMSGESCHENK (ZUM 60STEN) DES LEHRERKOLLEGIUMS
GESCHENKIDEE: HERR DR. SCHINDLER

und dass sie einen Unterschlupf gefunden hatten, wo sie übernachten wollten. Nur wo das konkret war, das wusste er wiederum nicht. Aber das würde er schon rauskriegen. Mit der nächsten WhatsApp, die er Thalia nun schicken würde.

»Ich krieg dich, du kleines Miststück!«, grinste Kai Schindler voll verlogen in seine Handykamera, machte ein Selfie mit Daumen hoch und schickte dieses zusammen mit der soeben verfassten Textnachricht ab.

18

Pling, machte es zur selben Zeit neun bis zehn Kilometer flussaufwärts und alle Blicke fielen automatisch auf Thalias Smartphone, das zwischen Judith und Cem lag. Und exakt die beiden hätten schon blind wie Maulwürfe sein müssen, wenn sie nun nicht hätten lesen können, welcher Name in dem Sperrbildschirm von Thalias Smartphone aufleuchtete.

»Kai Schindler?!?«, las Cem da auch direkt und einigermaßen irritiert laut vor.

»Jetzt ehrlich? Der Doc?«, fragte Helge nach.

»Ach, du Scheiße!«, meinte Fynn nur und Judith: »D… das geht uns nichts an!«

Und mal so richtig gutes Timing: Genau in dem Moment tauchte auch schon wieder Thalias Kopf am Höhlenrand auf.

Alle guckten zu ihr rüber, sie guckte zurück. Keiner sprach.

Thalia setzte sich einfach wieder zwischen Judith und Cem, nahm ihr Smartphone in die Hand, öffnete die WhatsApp mit Schindlers Selfie und der Nachricht darunter und las still:

> *Hallo, liebe Thalia.*
>
> *Wundervoller Sonnenuntergang, nicht wahr?! Oder hast du ihn gar nicht sehen können? Schick mir doch mal wieder ein Foto.*
>
> *Schöne Grüße, Dein Herr Schindler*

Und als sie fertig mit Lesen war, guckte sie in die schweigende Runde und …

… brach heulend zusammen.

Judith legte vorsichtig einen Arm um sie ... und Cem, der alte Checker, natürlich auch sofort.

»Ähmm ... alles in Ordnung, Thalia?«, fragte Fynn mangels besserer Ideen etwas doof nach und dann war's aber anscheinend genau richtig, weil Thalia platzte – sagen wir mal – wie ein Lkw-Reifen: »Nichts ist in Ordnung! Ich liebe ihn einfach! Den Kai ... Herrn Schindler. Und ich kann nichts dagegen tun. Und ... er liebt mich vielleicht ja auch und ...«

... was Thalia sonst noch so gesagt hat, konnte man bei der ganzen Flennerei nun wirklich nicht mehr verstehen. Aber interessant jetzt: Der Druck war weg. Und nachdem Thalia sich wieder einigermaßen im Griff hatte, deutete Cem auf ihr Smartphone und fragte sie: »Darf ich?«

Und jetzt mal so richtig interessant: Ja, Cem durfte. Thalia gab ihm das Smartphone mit Schindlers geöffnetem WhatsApp-Chat.

Cem scrollte sich durch den Chat-Verlauf, und als er fertig war, gab er das Smartphone einfach weiter an Judith und meinte zu Thalia: »Der liebt dich nicht. Der will einfach nur wissen, wo wir sind.«

»Das glaube ich nicht!«, meinte Thalia ganz trotzig und Judith dann aber auch noch mal: »Cem hat recht. Die Anrede und das alles. Das klingt jetzt nicht gerade danach, dass er sich auch nur irgendwie in dich verguckt hätte. Ich meine: *Schöne Grüße, Dein **Herr** Schindler.* Krampfiger geht's ja wohl nicht mehr.«

»Zeig!«, wollte dann auch Fynn sehen, worum es ging. Judith guckte zu Thalia rüber, die nickte kurz und Judith gab das Smartphone weiter an Fynn und der machte sich dann auch noch mal zusammen mit Helge ein Bild von der dramatischen Lage.

»Yep, Schindler will den Standort! Wahrscheinlich über deinen Ortungsdienst von deiner Kamera«, vermutete Helge.

»Das funktioniert bei WhatsApp nicht. Die Metadaten werden nicht mitgeschickt«, wusste Fynn.

»Per Bildanalyse vielleicht. Irgendein Detail im Hintergrund, das den Standort verrät«, kombinierte Judith schlau und Cem darauf: »Das wird's sein, Schätzchen. Schick ihm ein Foto und der Doc weiß, wo wir sind«, und Fynn schloss: »Liebe geht anders!«

Da guckte Thalia noch mal ganz traurig zu Fynn hoch und fragte: »So? Wie geht Liebe denn?«

Da hatte Fynn jetzt so auf die Schnelle auch keine vernünftige Antwort drauf, aber Cem.

… also was Cem hatte und dann auch beschrieb, waren verdammt bunte Bilder mit Ozeanen aus roten Rosen, die auf heißen Tränen der Leidenschaft schwammen, und smaragdgrüne Augen, die den azurblauen Himmel verblassen ließen, wenn ein Mann und eine Frau sich reinen und sowieso mal *goldenen* Herzens vereinten und …

… spätestens an dieser Stelle legte Helge Widerspruch ein, weil er zwischen Augenfarbe und Geschlechtsverkehr keinen logischen Zusammenhang sah. Und auch Thalia selbst meinte, dass sie eher ganze Ozeane vollkotzen würde, als mit einem Mann während des Geschlechtsaktes solche schrecklichen Bilder sehen zu müssen. Ganz gleich, wie stark das Gefühl zu diesem Mann sei.

Und dann war's Judith, die dann auch noch mal knallhart auf das Ausgangsthema zurückkam: *Thalia und Herr Doktor Schindler*. Ungefiltert ehrlich sagte sie, was sie von dieser Verbindung hielt. Nämlich nichts! Und einhellig waren auch die anderen der Meinung, dass der Schindler zwar schlau und *irgendwie echt süß* sei (Originalton: Cem), aber eben auch Lichtjahre von Thalia entfernt. Unerreichbar. Mental und … *alterssacktechnisch* sowieso (Originalton: Helge).

Und wie das halt so ist mit unglücklich verliebten Personen: Am Ende wollte und konnte Thalia all die klugen Bedenken nur – wie soll ich sagen – wahrnehmen, nicht aber wahrhaben. … Unterschied wieder.

Immerhin ließ sie sich dazu überreden, dem Schindler so eine Art Gemeinschafts-WhatsApp zu schreiben. Und das war ja schon mal ein echter Fortschritt.

»Schreib ihm: Hey Doc!«, diktierte Cem.

»*… ich bin jetzt immer da, wo du nicht bist!*«, fiel Fynn als Nächstes eine Liedzeile einer deutschen Rockband ein.

»*… und das ist immer Delmenhorst!*«, vervollständigte sehr überraschend Judith die nächste Zeile desselben Liedes.

Worauf Fynn der lächelnden Judith die hingehaltene Hand abklatschte und nur für sich in seinem Hinterkopf notierte: Bei Gelegenheit noch mal vernünftig drüber nachdenken, was das alles zu bedeuten hat!

Helge hingegen meinte, dass das alles mehr *Schmackes* haben müsste, so im Sinne von: »… mein Leben ohne dich, Herr Schindler, ist eine einzige Götterdämmerung.«

Worauf Thalia nachfragte: »Hast du's nicht etwas kleiner?«

Und Helge darauf: »Okay. Schreib einfach nur: Mehr Licht!«, … was original die letzten zwei Worte von dem alten Reimefürst Johann Wolfgang von Goethe waren.

Thalia überlegte, grinste und erklärte: »Ich mach das so, Leute …«, und las dann auch gleichzeitig mit, was sie dem Schindler nun schrieb, und zeigte allen dann noch ein bestimmtes Selfie, das sie ihm schicken wollte.

Text und Bild wurden einstimmig für gut und originell befunden, Thalia verschickte die WhatsApp und dann – weiterer Riesenfortschritt – schaltete Thalia ihr Smartphone komplett ab.

Dann saßen die fünf noch eine ganze Weile vor ihrem kleinen Lagerfeuer und quatschten miteinander. Über den brandaktuellen, irren Tag, den sie sehr überraschend miteinander erlebt hatten, über die letzten Tage hier an der Ardèche, die letzten fünf Jahre an der Gesamtschule – lauter Geschichten, die jeder von ihnen kannte. Und irgendwie auch ganz überraschenderweise nicht, weil jeder für sich diese Geschichten aus einer komplett anderen Perspektive erlebt hatte.

… und irgendwann war auch mal gut und die fünf Helden schlugen ein Nachtlager auf. Ein Bett aus Laubzweigen und den Klamotten aus ihren Kanutonnen. Judith breitete noch ihre große Stranddecke aus, unter der tatsächlich alle Platz fanden. Sie mussten einfach nur etwas enger zusammenrücken und dann fielen sie alle miteinander zufrieden und erschöpft augenblicklich ins Koma …

… also fast alle fielen sie augenblicklich ins Koma, weil Thalia meinte irgendwann noch zu Cem: »Cem!«

Und Cem zu Thalia: »Ja bitte, Thalia?«

Und Thalia dann wieder zu ihm: »Lass gefälligst deine Wichsgriffel bei dir!«

… und nachdem Cem seine Hand von Thalias Oberschenkel genommen hatte, schliefen kurz darauf auch wirklich *alle* ein.

19

Und Schindler? Der war genervt. Erst nur ein bisschen, weil er noch eine halbe Ewigkeit am Ufer auf seiner Plastiktonne rumgesessen hat, bis dann endlich mal die erwartete WhatsApp von seiner Nervschülerin Nummer eins eintrudelte. Und da war er erst noch ganz guter Dinge, als er sah, dass das kleine Miststück ihm tatsächlich ein Selfie geschickt hatte. – So albern lasziv mit Schlafzimmerblick in die Kamera, im Hintergrund Wasser.

»Sie sind so berechenbar!«, hatte er noch verschlagen gegrinst, während er mithilfe seiner Foto-App den Standort des Bildes lokalisieren wollte. Was aber nicht funktionierte, weil WhatsApp tatsächlich die Geodaten nicht mitliefert. Leicht enttäuscht, aber immer noch guter Dinge, zoomte Kai Schindler daher den Bildhintergrund heran. Und siehe da: Das Wasser, das Ufer, die Hügel dahinter ... das alles kam ihm verdammt bekannt vor. Er kam halt nur nicht gleich darauf, woher. Aber da half ihm eine weitere WhatsApp von Thalia auf die Sprünge und die lautete:

Brückenstraße, Möhnesee, Sauerland!

»W...?«, fragte er sich kurz und dämlich, bis ihm dann auch klar wurde, dass Thalia ihm ein Foto vom letzten Wandertag aus dem vergangenen Jahr geschickt hatte.

Und mal so richtig klar wurde ihm, wer hier wen verarschte, als er zu Ende las:

Mit freundlichen Grüßen, Deine Frau Farahani

Genervt war der Schindler. Und müde und hungrig auch noch.

Was grundsätzlich eine ganz schlechte Kombi bei Männern ist. Dann werden sie quengelig wie Kleinkinder. Und genau in diesem Zustand bekam er einen Anruf von seiner Kollegin Bärbel Westerhoff rein. Aber da ist er dann extra nicht drangegangen, weil er eben so genervt war und genau wusste, was *Madame Contrôle* von ihm wollte.

Alles okay. Melde mich später noch mal, hat er ihr daher einfach geschrieben, und als er die Textnachricht an sie abschickte, musste er selber kurz und irre auflachen, weil *okay* war hier gerade mal so gar nichts.

»Morgen ist auch noch ein Tag!«, stöhnte er in die Dämmerung, klemmte sich seine Kanutonne unter den Arm und schlurfte ein paar Hundert Meter flussabwärts zu dem kleinen Ort Saint-Martin-d'Ardèche. Er suchte und fand eine kleine Herberge direkt an der Uferstraße. Der Wirt, der seine Gastfreundschaft durch unverständliche Knurrlaute signalisierte, servierte ihm auf der Terrasse Brot, Käse und Rotwein.

Die Ardèche war hier etwas breiter und floss ruhig und gemächlich an Kai Schindler vorüber. Die Landschaft dahinter: sanft und hügelig. Und über allem der tiefblaue Abendhimmel, an dem nach und nach die Sterne aufleuchteten. In dem Moment war er seinen fünf entfleuchten Schülern fast dankbar. Entspannt stellte er das leere Rotweinglas auf dem Bistrotisch ab, kramte sein Smartphone aus seiner Seitentasche und schrieb seiner Kollegin, dass er mit den Schülern erst morgen im Camp eintreffen werde.

Dass die Schüler irgendwo in der Pampa übernachteten und er in einer kleinen, schmucken Pension, musste Bärbel Westerhoff gar nicht wissen. Das würde sie nur unnötigerweise beunruhigen.

… der Witz war ja: Wenn Kai Schindler seinerseits gewusst hätte, was ihn am nächsten Morgen erwartete, wäre er mit Sicherheit nicht so entspannt und zufrieden wie lange nicht in seinem kleinen, spartanischen Zimmer eingeschlafen.

20

Als Fynn Dreyer am nächsten Morgen als Erster aufwachte, brauchte er ein paar Augenblicke, um zu peilen, wo er war. Das kennt man ja, wenn man mal woanders übernachtet und morgens noch im Halbschlaf den Blick schweifen lässt. – Fenster auf der falschen Seite, Tür auch und neben sich vielleicht noch eine Person, die da normalerweise nie rumliegt und …

… im Fall von Fynn waren's gleich vier Personen, die da rumlagen. Rechts von ihm Helge und links Judith, Cem und Thalia.

Es war etwas frisch da oben in der Höhle und die Klamotten noch ein wenig klamm von der nächtlichen Luftfeuchtigkeit in der Schlucht. Und Fynn spürte jeden Knochen, weil das Bett aus Blättern zwar unwahrscheinlich romantisch, aber am Ende einfach nur steinhart war. Jedoch: Es ging ihm gut. Richtig gut ging es ihm. Fynn stützte seinen Kopf auf den linken Unterarm, blickte nach draußen auf den frischblauen Morgenhimmel mit der voll bestrahlten Landschaft darunter. Goldleuchtende Steilwände, sattgrüne Hügel und eine Ardèche, die so rein war, dass ihre Farbe tatsächlich an Smaragde erinnerte.

Das war gestern früh alles noch nicht da, erinnerte Fynn sich einen ganzen Tag zurück und *wie* finster für ihn da alles noch gewesen war. Und Zufall oder nicht: Genau in dem Moment guckte er in das Gesicht der schlafenden Judith.

… und Zufall oder nicht: Exakt da wachte Judith auf, öffnete die Augen und strahlte Fynn an. *Morgensonne* – nichts dagegen.

Fynn, ertappt und verlegen, leuchtete wie eine Steilwand, machte den Mund auf und …

… Helge hinter ihm brummelte: »Hunger!«

»Iss Staub!«, knurrte Thalia verpennt hinter Judiths Rücken und Cem hinter Thalia bellte wie ein junger Hund die Landschaft an: **»Oh! Mein! Gott! Was ist das für ein abgefuckt-krank-geiler morgenbunter Strahlescheiß da draußen?! Guckt euch das an! Geil! Geil! Geil!«**

… und *da* waren dann auch alle richtig wach.

Thalias Griff ging ganz automatisch zu ihrem Smartphone, das sie über Nacht in die Kanutonne gelegt hatte, und schaltete es wieder an …

Pling!

»Und? Was schreibt der Doc?«, fragte Helge da auch direkt nach.

Nur mal so zur Erinnerung: Wenn ausgerechnet Helge Stratmann gestern früh Thalia Farahani nach ihren persönlichen Textnachrichten auf ihrem Smartphone gefragt hätte, hätte sie ihm zur Antwort höchstenfalls den Mittelfinger gezeigt. Aber jetzt, 24 erstaunliche Stunden später, las sie ihm und auch den anderen dreien, ohne zu zögern, vor:

> *Okay, FRAU FARAHANI. Möhnesee also. Sehr witzig. – Gib mir bitte Bescheid, wann ihr in St.-Martin eintrefft. Ich warte auf euch Spaßvögel und bring euch zurück. Gruß, K.S.*

Und da war jetzt natürlich die Frage, was man dem Schindler clever zurückschrieb. Weil, sie hatten nicht vor, mit ihm zurück zum Camp zu fahren. Sie wollten mit ihren Kanus zum Mittelmeer und …

… gut möglich, dass du dir jetzt *schon wieder* denkst, dass das immer noch eine total bescheuerte Idee ist. Und vom Prinzip her müsste ich dir recht geben. An die 160 Kilometer mit dem Kanu bis zum Mittelmeer – das ist anstrengend und grundbescheuert, aber so was von. So weit, so einig! Aber jetzt frag ich dich mal was: War es nicht auch total bescheuert, dass der Kolumbus mit seiner Nussschale über den Atlantik geschippert ist? Oder nimm den Reinhold Messner! Das war der Typ, der als erster Mensch überhaupt ohne Sauerstoff den Mount Everest hochgestiefelt ist. Wie bescheuert war das denn?! Da oben gibt es nichts, wofür es sich lohnen würde hochzukraxeln. Oder der Flug zum Mond. Dort gibt es noch weniger als nichts. Wie sinnvoll war das, dass der Armstrong und seine Kumpels da hochgegurkt sind, nur um da ein Fähnchen in den Mondstaub zu stecken, und …

… alles, was ich sagen will, ist: Frag mal all die Typen nach den Gründen, warum sie so etwas derart Bescheuertes getan haben. Da wird ja wohl kaum einer von denen antworten: *Wette verloren!* – Aller Wahrscheinlichkeit nach werden die Gründe Neugier und Ehrgeiz gewesen sein. Das Unmögliche möglich machen. Erster sein, stolz sein, glücklich sein. Was weiß ich, such dir wieder was aus oder lass dir selber was einfallen.

Fakt jetzt jedenfalls: Die *fünf Pioniere* wollten auf jeden Fall bis zum Mittelmeer. Und die Route stand.

Drei Tage vielleicht und sie würden ihr Ziel erreicht haben. *Mondlandung* – nichts dagegen!

… so weit! Problem jetzt aber: Der Schindler in Saint-Martin. Der würde jetzt höchstwahrscheinlich nicht einfach doof zugucken, wenn sie an ihm vorbeipaddelten. Sie mussten einen Weg finden, das *Problem* zu umschiffen. Und genau darüber machten sich die fünf Gedanken, als sie wieder zum Ardècheufer zu ihren Kanus runterkletterten. Und …

… dann war's aber eh egal, worüber sie sich gerade Gedanken gemacht hatten, weil: Die Kanus waren weg.

»Verfluchte Friesen!«, fluchte Helge und Fynn hinterher: »Kacke, alte verdammte! Und was machen wir jetzt?«

»Wie – *Was machen wir jetzt?* Was ist denn das für eine Frage?!«, wollte Thalia nicht wirklich wissen.

»Ja, was weiß ich?«, wusste Fynn dann auch gar keine Antwort und Judith aber sehr konkret: »Ich will ans Mittelmeer. Und wenn ich mir dafür jetzt ein Floß bauen muss!«

»***Das*** ist meine Schwester!«, strahlte Thalia Judith an, Judith klatschte ihr die hingehaltene Hand ab, als hätte sie ein Leben lang nie etwas anderes getan.

»Und, Mädels? Wie sieht's bei euch aus? Seid ihr noch dabei?«, fragte Thalia dann bei den Jungs nach, worauf Cem die Seitentaschen seiner Shorts abklopfte und bedauernd meinte: »Sorry, hab leider meine Säge für das Floß vergessen …«

Und da, kleine Überraschung: Thalia guckte ehrlich enttäuscht. Aber bevor sie oder sonst wer auch nur sagen konnte, was von Cems Weichei-Dasein zu halten war, legte der nach: »… aber wir schnappen uns einfach einen Biber für die Holzfällerarbeiten.«

»Guter Türke!«, grinste Helge stolz und »So sieht's aus!«, grinste Fynn und Cem grinste zurück: »Deutscher Bub mit türkischer Opel-Vorfahrt-Geschichte. So viel scheißkorrekte Zeit muss sein!«

Die Ladys sagten nichts, klopften dem Cem aber anerkennend auf den Schultern rum.

Und weil dann aber gerade mal kein Biber zugegen war, beschlossen die *Unglaublichen Fünf*, vorerst die Route über Land zu wählen. Was hieß, dass sie sich zunächst durch das Dickicht der Böschung nach oben kämpfen mussten. Dann weiter an der Steilwand der Schlucht entlang, bis sie endlich eine Passage zur Straße hoch fanden, die selbst der nicht schwindelfreie Fynn einigermaßen würdig bewältigte. – Mit Kanutonne auch … kotzfrei!

»Ein Pferd. Ein Pferd. Ein Königreich für ein Pferd!«, schnaufte Helge oben angekommen dramatisch in die Landschaft, da …

… bretterten auch schon an die 130 Pferde um die Straßenkurve herum und auf die fünf zu. … also in Form eines roten Ford Pick-ups mit 130 Pferdestärken, versteht sich. Und den steuerte die 53-jährige Camille Lefebvre, die auf dem Weg von ihrem Wohnort Vallon-Pont-d'Arc nach Pont-Saint-Esprit war, um dort … irgendwas zu machen. Keine Ahnung, was. Kann ja auch wirklich nicht alles wissen.

Aber Fakt jetzt wieder: Madame Lefebvre bretterte auf die fünf zu – Helge riss spontan den Tramp-Daumen in die Höhe – Madame Lefebvre ging in die Eisen und nahm die fünf mit. Auf der Ladefläche ihres Pick-ups, die Straße runter nach Saint-Martin-d'Ardèche, Richtung Süden.

Geschätzte zwölf sportlich umbretterte Kurven weiter machte Thalias Smartphone ***pling*** und – Weltneuheit jetzt: Sie schaute nicht nach, wer geschrieben hatte. Was, wenn du mich fragst, jetzt mal ein echter Fortschritt für die Lady war. Weil, klar: Es musste Schindler gewesen sein.

»Ja, willst du denn gar nicht gucken, was er geschrieben hat?«, fragte Fynn da auch direkt nach, Thalia antwortete: »Nein! Mach du doch!«, und warf ihm das Smartphone zu. – Fortschritt wieder!

Fynn schnappte das iPhone, las die Nachricht, die natürlich von Schindler war, und informierte die Reisegesellschaft: »Er will wissen, ob wir schon losgepaddelt sind und wann wir in Saint-Martin eintrudeln.«

Da lachten alle laut – inklusive der fortschrittlichen Thalia – und Helge diktierte: »Schreib: Sind auf dem Weg. Ankunft neun Uhr dreißig … oder so was, damit der Mann seine Ruhe hat.«

»Geht klar, Boss!«, grinste Fynn, schrieb und verschickte die Nachricht.

Und nach nur drei weiteren geschnittenen Kurven kriegten sie auch schon wieder den nächsten unfreiwilligen Brüller von dem Schindler rein, und der lautete:

> *Freut mich! Paddelt bitte direkt bis Saint-Martin auf Höhe der Pension mit Anlegestelle, linke Uferseite. Da warte ich auf euch!*

Aber was mal so richtig witzig war, dass Madame Lefebvre kurz darauf in Saint-Martin reinbretterte und schließlich am Ufer der Ardèche vor der roten Brückenampel warten musste.

… also der Witz daran war, dass Judith dann den Schindler entdeckte. Keine hundert Meter von ihnen entfernt saß er auf seiner Terrasse und telefonierte.

21

Nach einer geruhsamen Nacht und einer erfrischenden Morgendusche verweilte der feine Herr Doktor auf der sonnendurchfluteten Terrasse seiner Pension und ließ sich von dem knurrigen Wirt das Frühstück bringen. Einen ordentlichen Becher Milchkaffee, der hier *Café au lait* heißt, zwei Croissants und fünf verschiedene Sorten Konfitüre, die alle gleich schmecken.

Perfekt!, dachte Kai Schindler noch frohgemut, weil zu diesem Zeitpunkt gab es für ihn keinen erkennbaren Anlass, sich über irgendetwas Sorgen zu machen oder gar aufzuregen …

… das kam dann später noch alles. – Fakt bis zu diesem Zeitpunkt war für den Herrn Klassenlehrer, dass seine fünf entrückten Schüler und Schülerinnen in rund zehn Minuten mit ihren Kanus direkt hier am Ufer vor seiner Nase anlegen würden. Darum hatte er Thalia gebeten, weil er auch wirklich keinen Bock hatte, die paar Hundert Meter bis zur offiziellen Anlegestelle wegen ihr und den anderen Nervensägen wieder hochlatschen zu müssen. *Das* hatte er Thalia natürlich nicht geschrieben. Außerdem vorenthalten hatte er ihr selbstverständlich, dass sie allesamt einen Haufen Ärger kriegen würden. Spüldienst bis zum Ende aller Tage, lebenslange Taschengeldsperre, Handyverbot für alle Beteiligten und deren Nachkommen bis zur dritten Generation. Da gingen natürlich mal wieder ein paar Pferde mit dem Herrn Lehrer durch, aber er war zufrieden mit sich und allem und fühlte sich wie Gott in

Frankreich. Und in ebendieser göttlichen Stimmung löffelte er gerade den himmlisch sämigen Milchschaumrest aus der Tasse, da klingelte sein Smartphone und der Name *Bärbel Westerhoff* leuchtete im Display auf.

»Hier spricht Gott. Ich höre!«, nahm der Kai unwahrscheinlich lustig den Anruf entgegen.

»Oh, gleich am frühen Morgen so lustig, der Herr Kollege. Einen Clown gefrühstückt, oder wie?«, fragte Bärbel Westerhoff tonlos nach und gleich hinterher: »Wie sieht's aus, Kai? Wann kommt ihr?«

Und da antwortete Kai ihr auch einigermaßen sachlich: »Also, die fünf sind … ähm … jetzt noch unterwegs und kommen aber gleich zur Pension. Und dann fahren wir auch direkt. Ich schätze mal, dass wir so gegen halb elf / elf bei euch aufschlagen werden.«

Und jetzt wirklich keine Ahnung, ob Bärbel Westerhoff hier schon anfing zu peilen, dass ihr Kollege Müll erzählte, jedenfalls machte sie am anderen Ende der Leitung eine äußerst verdächtig lange Denkpause und meinte schließlich nur: »Okay, Kai. Sag Bescheid, wenn's viel später wird!«

Pling!

»Was war das?«, wollte die argwöhnische Bärbel wissen.

»… ähm, eine WhatsApp! Das macht dann immer *pling*. Auch wenn man telefoniert. Weißt du?«

»Ach«, machte Bärbel *total* erstaunt.

»Ja, *ach*! – Warte mal bitte«, bat Kai Schindler, öffnete die Nachricht, sah, dass sie von Thalia war, und las stumm …

Hey Doc! Jetzt schön kühl bleiben! Nicht aufregen! Keine Sorgen machen! Und: KEINE POLIZEI! Compris? Weil: Wir sind nur noch mal kurz zum Mittelmeer! A bientöchen … wie der Franzmäään sagt.

»W…?«, fragte der arme Kai Schindler sich mal wieder irgendwas blöd und unvollständig, da ploppte auch schon die nächste Nachricht in dem Chat von Thalia auf. – Ein Foto. Von ihm selbst. Eines, auf dem er auf einer Terrasse beim Frühstück sitzt, sein Smartphone anstarrt und die Lippen zu dem Buchstaben *W* formt.

»W…???«, formulierte Kai Schindler dann noch mal unheimlich wortgewandt irgendein Fragewort und begriff dann aber auch von ganz allein, dass dieses Foto von ihm brandaktuell war. Praktisch gesehen und seriös geschätzt: vier Sekunden alt … vielleicht auch fünf.

»Alles in Ordnung?«, hörte Kai Schindler seine Kollegin aus seinem Smartphone fragen, worauf er so kühl und gelassen wie möglich antwortete: »Allesokayhierichrufwiederantschüss!«, und das Gespräch sofort beendete.

Nochmals starrte er auf das Bild auf seinem Smartphone, peilte die Richtung an, aus der es aufgenommen sein musste, und das war links von ihm, flussabwärts also an derselben Uferseite. Vor der schmalen Brücke, die hier kurz vor dem Stauwehr über die Ardèche führt. Keine hundert Meter von ihm entfernt. Und exakt da entdeckte er dann auch die fünf Knalltüten. Auf der Ladefläche eines roten Pick-ups, der gerade noch vor einer roten Ampel gewartet hatte und nun bei Grün über die einspurige Brücke davonfuhr.

»Shit! Fuck! ... Shitfuck ... Fuck! Fuck! Fuck!«, fluchte der promovierte Germanist stöhnend dem Pick-up hinterher. – Die fünf winkten ihm fröhlich zu.

»Pardon?«, brummte der Wirt, der wie aus dem Nichts wieder neben Schindler aufgetaucht war.

»Äh, what?«, fragte Kai Schindler überrascht und unwahrscheinlich sprachgewandt zurück und da kriegte er natürlich keine Antwort von dem Mann.

Er sah der Frohnatur von Wirt stumm und gedankenverloren dabei zu, wie der nun ungefragt den Frühstückstisch abräumte, dann glotzte er wieder auf sein Smartphone, strich und tippte darauf herum und schickte seiner Kollegin Bärbel Westerhoff folgende Info:

Wird deutlich später! Melde mich ...

22

Es lief für die fünf Helden. Kann man nicht anders sagen. Kurz bevor Madame Lefebvre aus vorderster Poleposition bei Grün über die Brücke ballerte, war es Cems Idee, den Schindler auf seiner Terrasse vollständig upzudaten. – Du weißt schon: *Mittelmeer, keine Sorgen, vor allem keine Polizei und immer schön kühl bleiben.*

Bemerkenswert an dieser Stelle: Ausgerechnet Cem hatte dann auch von Thalia die ausdrückliche Erlaubnis, diese Nachricht mit ihrem iPhone an den Schindler schreiben zu dürfen. *Gottvertrauen* – nichts dagegen.

Und weil der Herr Doktor so dermaßen blöd aus der Wäsche guckte, als er die Nachricht erhalten hatte, konnte Thalia dann gar nicht anders und hielt die Pose mit dem Schnappschuss fest, den sie dem armen Kai auch gleich schickte. Mit – kleiner Rückschritt wieder – Zwinkeremoji mit Herzchen am Mund.

Aber wie gesagt: Es lief für die fünf Helden, weshalb Judith dann auch ganz aufgeregt und euphorisch wieder das Chanson von dem guten alten Charles Trenet anstimmte. – *La mer!* Und alle sangen, summten, grölten mit. Thalia, Fynn, Cem, Helge … und Madame Lefebvre vorn in der Fahrerkabine ihres Ford Pick-ups. – Riesenstimmung …

… dachten sich dann auch wohl Achmed und seine fünf friesischen Freunde, die – Riesenzufall auch – am anderen Ende der Brücke mit ihren Rollern standen und ihrerseits auf Grün warteten. Die fünf auf der Ladefläche rauschten singend an ihnen vorbei. Nur bemerkt haben sie das Friesensextett nicht. Da waren sie wohl gerade zu sehr mit *La mer* beschäftigt.

… ich sag mal so: Vorteil – Friesensextett, das dann auch nicht mehr länger auf die Grünphase warten musste, weil es – angeführt von Achmed auf seiner verkohlten Vespa – eh auf der Stelle kehrtmachte, um die Verfolgung eines knallroten *Ford Pick-ups* aufzunehmen.

Aber egal erst mal und alles hübsch der Reihe nach, weil: Fynn, Cem, Helge, Thalia und Judith hatten verdammt gute Laune. Sie waren die *fünf unbezwingbaren Titanen* und Madame Lefebvre war ihre Chauffeurin, die sie ein Stück näher an ihr Ziel brachte. Um rund zehn Kilometer nämlich. Bis nach Pont-Saint-Esprit. Der letzte Ort, der an der Ardèche liegt, weil hier mündet sie geschmeidig in einen sehr viel größeren Fluss – in die Rhone.

Und wie die fünf von hier die verbleibenden 120 Kilometer bis zum Mittelmeer reisen würden, darüber wollten sie später noch einmal vernünftig nachdenken. Aktuell stand nämlich die Bezwingung eines ganz anderen Problems ganz oben auf der Liste …

»Hunger! Leute, ich hab echt Hunger. Und wenn ich Hunger habe, kann ich nicht denken!«, brachte Helge das Problem auf den Punkt und zeigte auf den Supermarkt, der an der nächsten Querstraße lag – ein-, zweihundert Meter vom Ortseingang entfernt, wo Madame Lefebvre die fünf abgesetzt hatte.

Intermarché, stand in fetten Lettern über dem Supermarkt. Ein gigantischer Laden einer Supermarktkette, in dem du wirklich alles bekommst … vorausgesetzt, du hast Geld. – Und das war jetzt mal ein echt empfindlicher Knackpunkt für Fynn, Cem, Thalia und auch für Judith. Die fanden Helges Vorschlag nämlich sehr akzeptabel, waren aber durch die Bank mittellos. … bis auf Helge selbst. Der hatte zufälligerweise Geld dabei. Wie viel, wollte er nicht sagen, weil es ihm auch unangenehm war, dass er gleich 200 Euro Bargeld dabeihatte. Was ganz klar gegen die allgemeinen Camp-Regeln dieser ganz erstaunlichen Schulabschlussfahrt verstieß, aber was sollte er machen?!? Seine Mutter hatte ihm vor der Abfahrt am Busbahnhof an der Camp-Regel vorbei die zweihundert Euro zugesteckt. Und da ***konnte*** der Ärmste sich einfach nicht gegen wehren. – Wie auch immer: Vier von fünf Helden hatten ein finanzielles Problem und Held Nummer fünf löste es, indem er anbot zu zahlen.

Kurze Zeit später standen die Abenteurer dann auch ganz vorn in der Schlange an der Kasse. Mit einem Einkaufswagen, den sie so dermaßen vollgepackt hatten, dass man hätte denken können, die wollen in die Mongolei und nicht nur ans Mittelmeer.

C'est égal alles, weil, pass auf: Während Cem und Fynn den ganzen Krempel aus dem Einkaufswagen auf das Kassenlaufband legten, schob die Kassiererin, die laut Namensschild Claudette hieß, den ganzen Krempel über den Scanner und am anderen Ende standen Helge, Judith und Thalia, die das alles in die Kanutonnen packten, bis …

… der Nachschub langsam verebbte. Helge, Judith, Thalia und auch Kassiererin Claudette guckten sich fragend zum Anfang des Förderbandes um. Und da wiederum standen Fynn und Cem nun etwas unlocker und tatenlos herum. Was ganz klar mit Achmed und seinen Mannen zu tun hatte, die die beiden zufällig entdeckt hatten. Hinter sich im Mittelgang. Von wo aus sie auf Claudettes Kasse zumarschierten. Achmed grinste schon von Weitem so triumphierend zu Cem rüber und zeigte mit zwei gespreizten Fingern erst auf seine Augen, dann auf ihn. – *Got you!*

Cem und Fynn guckten sich kurz von der Seite an und dann rannten die beiden wie auf Kommando los. Vorbei an Claudette, und am anderen Ende der Kasse schnappte Cem sich noch im Vorbeirennen eine der Kanutonnen, Fynn dann spontan auch, die beiden Ladys machten es ihnen nach und alle zusammen stürmten sie zum rettenden Ausgang raus.

… außer Helge. Der blieb stehen. Nervös flogen seine Blicke zwischen nahenden Friesen, Claudette und der letzten Kanutonne hin und her – einer Kanutonne, vollgestopft mit unbezahlten Waren. Wie die restlichen vier Tonnen auch. Helge ging seine Optionen durch: Tonne stehen lassen und abhauen? Tonne mitnehmen und abhauen? Tonne aufschrauben und vor lauter Verzweiflung reinkotzen und dann wieder zuschrauben? – Helge merkte selbst, dass er sich da gedanklich ein wenig verrannte, weshalb er im nächsten Moment überlegungsfrei in sein Portemonnaie griff, blind ein paar Geldscheine herausriss, diese auf Claudettes Kassentheke knallte und dann ebenfalls endlich abhaute. Mit der Kanutonne unter dem Arm und einem Haufen Friesen im Nacken. Glück für Helge dann aber: Die sechs Mann wurden noch in der Schlange vor Claudettes Kasse voll ausgebremst. Von einer alten, kleinen Madame, die den Männern mit ihrem Einkaufswagen den Weg versperrte. Dieses, weil sie wohl annahm, dass die jungen Flegel sich vordrängeln wollten.

Und draußen wetzte Helge über den Parkplatz und hielt Ausschau nach dem Rest der Gang. Aber er konnte sie nirgends entdecken. Die Morgensonne knallte ihm voll auf die Rübe und er schnaufte und schwitzte. Sport und andere sinnlos hektische Bewegungen im Allgemeinen waren einfach nicht Helges Sache, aber: Er fühlte sich großartig! Aufregung hier, Adrenalinspiegel da … im Vergleich zu dem hier war *Mission Impossible* mit Tom Cruise so was wie die *Augsburger Puppenkiste* mit Jim Knopf.

Jemand rief ihm etwas nach. Aber Helge drehte sich nicht um. Er schnaufte, schwitzte, rannte. Bis zum Ende vom Parkplatz und über die nächste Straße bis zu der Haltestelle, an der ein Linienbus stand. Wieder überlegte Helge nicht lang und hechtete in den Bus rein.

Die besten Entscheidungen eines Mannes trifft er aus dem Bauch heraus!, fiel ihm dazu ein Spruch ein, den er sich merken wollte, um ihn später in seinem Notizbuch für geniale Filmdialoge festzuhalten.

Dann: super Timing! Der Busfahrer startete den Motor und fuhr los. Also klar: Erst löste Helge noch voll im Actionmodus ein Ticket bei ihm und *dann* aber fuhr er auch fast sofort los.

Helge ging bis zum hinteren Teil seines Fluchtfahrzeuges durch, setzte sich auf einen der letzten freien Fensterplätze und blickte quer über den Parkplatz zum Eingang vom Intermarché hinüber. Und dort stand immer noch die Person, die ihm hinterhergerufen hatte: Kassiererin Claudette.

»Sorry, Kleines!«, nuschelte Helge wie einer seiner Filmhelden lässig gegen die Fensterscheibe, als *das Kleine* – Claudette also – aus seinem Blickwinkel verschwand, während der Bus an dem Supermarkt vorüberfuhr.

Was Helge wiederum nicht hören konnte, war, dass Claudette ihm hinterherstöhnte, als der Bus aus *ihrem* Blickwinkel verschwand: »Quel idiot!«, was wohl so viel hieß wie: *Was für ein Idiot!*

Aber dann zuckte sie mit den Schultern, guckte sich verstohlen zu allen Seiten um und steckte erst jetzt die 34,02 Euro in ihre Hosentasche, die Helge definitiv zu viel gezahlt hatte.

Sie machte eine halbe Drehung Richtung Eingang und exakt in dem Moment kamen diese sechs jungen Männer aus dem Laden herausgeschossen, die ihr vorher schon aufgefallen waren. Sie stürzten sich auf ihre Vesparoller, warfen sie an und fuhren los. Allen voran der Mann, der Claudette am *allermeisten* aufgefallen war: der attraktive, sportliche Typ auf seinem komplett abgewrackten, rußschwarzen Vesparoller. Achmed, sein Name.

23

»LECK MICH!«, brüllte Kai Schindler dem Lkw-Fahrer zu. Und damit der Arsch auch wirklich kapierte, wie genervt Kai Schindler von ihm war, streckte er ihm auch noch seinen Mittelfinger entgegen.

Ich sag mal so: *Zeichen internationaler Verständigung* gehen irgendwie anders. Das wusste Kai Schindler auch selbst, aber die Nerven lagen nun mal blank, als er mit der Kastenente bei Rot über die einspurige Ardèchebrücke bretterte und …

… jetzt nur mal so für den Fall, dass dir der Begriff *Kastenente* so gar nichts mehr sagt: Die *Kastenente* hat die offiziell amtliche Bezeichnung *2CV AK 400* und ist … *war* ein echter Erfolgshit der Marke Citroën. – Auto also!

… und dass Schindler jetzt gerade eben mit genau so einer Kiste hooliganmäßig unterwegs war, erkläre ich dann auch noch mal schnell, weil: macht Sinn!

Sache war die: Als Kai Schindler beim Frühstück seine fünf *Lieblingsschüler* auf dem Pick-up entdeckte, war sein erster Gedanke natürlich *Polizei*. Und dann war da aber ein zweiter Gedanke, der ihm durch den Kopf ging. Und der hatte ganz klar wieder mit seinem Sabbatjahr zu tun, das er amtlich sicher vergessen konnte, wenn diese Geschichte herauskam. Und dann war da aber noch ein weiterer Grund, warum Kai Schindler die Polizei auf gar keinen Fall einschalten wollte, und der hieß: *eitler Stolz!* Er wollte das selbst regeln. Das wäre ja wohl noch schöner, wenn fünf nervige Schüler ihn an der Nase herumführten … oder darauf herumtanzten – kannst du dir auch wieder aussuchen.

Kurz und gut: Schindler war wild entschlossen, die fünf flüchtigen Knalltüten selbst zu fassen. Was er dazu brauchte – und das verdammt schnell – war eben ein Auto. Blöd nur, dass es in Saint-Martin und Umgebung keine Autovermietung gab. *Das* jedenfalls hatte der Wirt dem Schindler irgendwie erklärt und ihm darauf aber *ganz spontan* seinen eigenen Zweitwagen geliehen. Die taubenblaue Kastenente aus dem Schuppen hinter der Pension also. Gegen eine kleine Mietgebühr von 50 Euro pro Tag und einem Pfand von 300 Euro, versteht sich. Schindler musste nichts unterschreiben oder so was, aber versprechen sollte er dem Wirt, dass er es hübsch langsam mit der alten Kiste angehen sollte, weil die Reifen glatt und die Bremsen jetzt auch nicht mehr die allerbesten waren. Schindler versprach alles, was der Wirt wollte, und …

… bretterte kurz darauf bei Rot über die einspurige Flussbrücke. Wild fluchend deshalb, weil *dieser Arsch von Lkw-Fahrer* auf der anderen Seite der Ardèche ebenfalls über die Brücke wollte und nun laut hupend langsam anfuhr. Was man auch ein bisschen verstehen kann, weil *der* hatte ja Grün und Schindler aber schon lange nicht mehr. Was Schindler natürlich auch wusste, aber er hatte es nun mal verdammt eilig. Er trat das Pedal durch, die Ente brüllte mit ihren unbändigen 28 PS auf und juckelte ganz wild durch die Lücke zwischen Lkw und Brückenpfeiler. Im Rückspiegel sah er noch, wie der Lkw-Fahrer in seine Richtung eine ebenfalls weltweit anerkannte Geste des Nichtgefallens und des Unmutes zeigte.

Aber das wiederum war dem Kai Schindler dann auch zu billig, da noch irgendwie drauf zu reagieren. Er verließ mit seiner taubenblauen Rakete Saint-Martin und bog an der Querstraße links ab. Laut der alten Straßenkarte, die er in dem Seitenfach der Fahrertür gefunden hatte, war das der Weg Richtung Süden. Da war der Schindler schon ein echter Jäger, weil instinktiv richtig … oder vielleicht auch nur Zufall. Jedenfalls war es die Straße nach Pont-Saint-Esprit. Der Ort also, wo sein Knalltütenquintett gerade schick einkaufen war. Und dort im Rekordmodus von 15 Minuten und 8 Sekunden angekommen …

… machte Kai Schindler mal wieder alles falsch und fuhr weiter. Durch Pont-Saint-Esprit durch bis zur nächsten Vorfahrtstraße. Und exakt da machte sein Smartphone wieder ***pling!*** Er hat natürlich sofort nachsehen müssen, wer geschrieben hat. Während der Fahrt! – Weil hätte ja auch diesmal sein können, dass es die Anne war, weil irgendwas mit Ingmar war. War aber auch diesmal nicht. Die Bärbel war's.

Alles gut?, schrieb sie.

Was ihm sehr auf die Nerven ging, weil er hasste diese verstümmelte Kurzform und dieselbe Formulierung als Antwort konnte er noch weniger leiden. Aber da war's im nächsten Moment aber auch wirklich egal, was Kai alles hasste oder nicht leiden konnte, weil: *Nichts war gut!* – Ein Linienbus schoss laut hupend von links auf ihn zu. Schindler hatte smartphonetechnisch voll gepennt und ihm die Vorfahrt genommen. Und dann aber – voll wach – hat er instinktiv wieder alles richtig gemacht: Anstatt vor lauter Schreck in die Eisen zu gehen, hat er vor lauter Schreck Gas gegeben. Weshalb der Bus das Heck der Kastenente um nur drei Zentimeter verfehlte und dann einfach weiterfuhr. Was übrigens auch dem Helge Stratmann sehr entgegenkam, weil der saß rein zufällig in dem Linienbus und hatte sein Gesicht spontan mit einer Kanutonne getarnt … also *nachdem* er seinen Deutschlehrer in der Kastenente klar erkannt hatte.

Wie auch immer: Der Bus fuhr weiter und Kai Schindler parkte die Ente auf dem Seitenstreifen des Todes. Seine Pumpe lief auf Hochtouren, aber unterm Strich war nach wie vor – hö, hö – *alles gut!*

Aber das hatte er seiner Kollegin natürlich *nicht* geschrieben und ihr praktischerweise nur ein Daumen-hoch-Emoji geschickt. Dann warf er das Smartphone zurück auf den Beifahrersitz, legte beinah zärtlich den ersten Gang ein und fuhr weiter.

Kai Schindler gefiel es sehr mit dieser komplett unvernünftigen Kiste durch Südfrankreich zu gurken. Er ließ Pont-Saint-Esprit endgültig hinter sich, und während er auf den nächsten Ort zusteuerte, wo er seine fünf entrückten Freaks vermutete, schaltete er den Radiorekorder ein. Der spielte automatisch die Musikkassette ab, die schätzungsweise genauso alt war wie die Ente selbst. Und um zu beschreiben, was Kai Schindler da Geiles um die Ohren flog, dafür gibt es eigentlich nur drei Buchstaben: *C*, *F* und *G*! – Grundsolide Akkorde also, die eine Rockband aus den Sechzigern des letzten Jahrtausends geschmeidig zu einem Klangteppich verlegte. Und über dem haute ein Typ mit ungefiltert endgenialer Stimme eine Frage raus …

How does it feel – How does it feel – To be without a home – Like a complete unknown – Like a rolling stone?

… Bob Dylan hieß der Typ und die Frage, die er stellte, beantwortete Kai Schindler laut und extraalbern mit: ***»Alles gut!«***

Vom Prinzip her passte die Antwort sogar: das Land, die Ente und dazu jetzt auch noch ein geeigneter Soundtrack. *Alles* war gut!

Und in eben dieser Topstimmung hörte er zwischen voll aufgedrehten C-, F- und G-Akkorden wieder das zarte ***Pling*** seines Smartphones auf dem Beifahrersitz. Den Vorfall mit dem Linienbus hatte er anscheinend gut verarbeitet, weil während Schindler auf der Landstraße gerade mit wahnwitzigen 82 km/h einen Golf überholte, schnappte er sich sein Smartphone, öffnete die aktuelle WhatsApp, die von Thalias Handy geschickt worden war, und las:

Hey Doc. Haben den Stratmann verloren.

… und da war des Doktors Laune auch schon wieder im Keller.

24

»Was soll *der* Quatsch denn?«, regte Fynn sich über Cem auf, als er auf Thalias Smartphone die WhatsApp las, die Cem soeben Schindler geschrieben hatte.

»Ist es was Perverses?«, fragte Thalia da auch automatisch nach und Cem antwortete: »Nein, natürlich nicht! Wofür hältst du mich eigentlich?«

»Ehrliche Antwort?«, fragte Thalia nach.

»Nein!«, antwortete Cem direkt und in Richtung Fynn: »Ich hab den Doc ja nur auf den neuesten Stand gebracht. Immer schön in Kontakt bleiben, damit er sich keine Sorgen macht. Verstehst du?«

»Tsja. Und dann schreibst du ihm, dass wir einen Mann verloren haben. Ist jetzt nicht gerade die allercleverste Strategie«, fand auch Judith, als sie ebenfalls die WhatsApp gelesen hatte.

Dass die vier den Helge überhaupt verloren haben, hatten sie auch erst gemerkt, als sie aus dem Supermarkt raus und um die nächste Ecke gehechtet waren und sich hinter die Müllcontainer geworfen haben. – Und nachdem Achmed und seine fünf Friesenfreunde mit ihren Rollern abgehauen waren, hatten sie ja auch noch mal vorsichtig um den Eingang vom Intermarché gelinst, ob der Helge vielleicht bewusstlos blutend über Claudettes Kasse hing. War aber natürlich nicht. Gott sei Dank auch.

Und nun saßen sie in der prallen Mittagssonne auf ihren Kanutonnen am südlichen Ortsausgang von Pont-Saint-Esprit rum und warteten. Das war Fynns Idee. *Denken wie Helge! Sein wie Helge! Dann finden wir ihn auch.*

Vom Prinzip her war die Idee wirklich top, aber wer dann eben auch nach einer weiteren halben Stunde nicht auftauchte, war Helge Stratmann.

»Fynn, ich will dir wirklich nicht zu nahe treten, aber meiner unbedeutenden Meinung nach ist das hier eine echte Scheißidee!«, stöhnte Cem in die brüllende Mittagshitze.

»Okay! Dein Vorschlag?«, stöhnte Fynn zurück, dem auch klar war, dass er sich im *Denken und Sein* seines zukünftigen Bosses wahrscheinlich leicht geirrt hatte.

»Weitergehen. Immer weiter. Bis zum Mittelmeer. Und da treffen wir mit Sicherheit auch den Stratmann. Der macht das. Weil: **Stratmann ist ein Teufelskerl!**«, erklärte Cem grinsend und Thalia nickte: »Da hat der Aldemir mal recht. Das bringt hier nichts mehr.«

Und Judith begutachtete den amtlichen Sonnenbrand auf ihren Schultern und bemerkte: »Also, ich bin jetzt schön durch. Von mir aus können wir dann.«

Und da standen sie auch alle miteinander auf, klemmten sich ihre Kanutonnen unter die Arme und marschierten weiter. An der Straße entlang, die nach Süden führte, Richtung Mittelmeer …

… und Richtung Schindler, der auf derselben Straße unterwegs war.

25

»Jesses!«, stöhnte Helge Stratmann total erschöpft den strahlend blauen Himmel über der Stadt an, in der er nach einer nervig langen, klimaanlagenlosen Busfahrt gestrandet war. Gute 25 Kilometer südöstlich von Pont-Saint-Esprit. In Orange. Hier hatte der Busfahrer ihn rausgeschmissen. Weil Orange war nun mal Endstation.

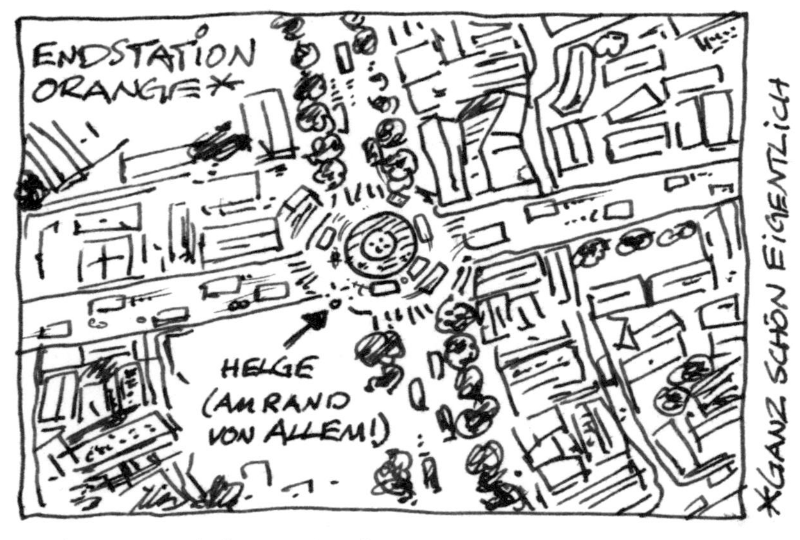

Und nun stand der erschöpfte Helge – wie soll ich sagen – etwas missmutig da rum. Am Rande eines stark befahrenen Kreisverkehres, mit seiner Kanutonne voller Lebensmittel unter dem Arm, die in der Mittagshitze anscheinend irgendeine Art von Eigenleben entwickelten. Jedenfalls war dem Helge aufgefallen, dass der Tonnendeckel sich verdächtig stark nach außen gewölbt hatte. Was aber aktuell echt unwichtig war, weil

Helge hatte ein ganz anderes Problem: Er war in der falschen Stadt gelandet! Und das war, um es mit Helges Worten auszudrücken, *mal so richtig kacke!*

Dabei hatte er den Busfahrer noch *irgendwie* gefragt, ob er *direktemong la Richtung Sud* fahren würde, und der Arsch von Busfahrer hatte nur gelangweilt genickt. Und da war der Helge einigermaßen beruhigt, weil sein Plan war, Fynn und die anderen in der nächsten Stadt südlich von Pont-Saint-Esprit zu treffen. Vom Prinzip her lag Fynn also nicht *ganz* so daneben mit seiner stratmannschen Denkweise. Unterschied offensichtlich: Sein *Boss* dachte in anderen Dimensionen – sprich *Kilometer*, nicht *Meter.*

Und nun stand er da rum, der Helge. Laut und stickig war's und von der Kreisverkehrsinsel drang ein nerviges Gekläffe zu ihm herüber. Zwischen vorbeifahrenden Autos und Lkws entdeckte Helge die kleine Terrier-Töle, wie sie panisch in dem Blumenbeet der Verkehrsinsel herumhoppelte. Mit Leine dran. Was wohl ein Zeichen dafür war, dass das Tier irgendjemandem abgehauen war.

»Nicht mein Problem, dämliche Fellwurst. Kann mich nicht um alles kümmern«, hatte Helge, der alte Hundefan, geknurrt und ist mit seiner *Bläh-Tonne* unterm Arm weitermarschiert.

… und nach ein paar Metern ist er doch wieder stehen geblieben, hat noch mal *Jesses* in den Himmel gestöhnt und ist dann zwischen den fahrenden Autos zur Verkehrsinsel hinüber, um sich um *die dämliche Fellwurst* zu kümmern. … machte ja sonst keiner.

Und da hat Helge sich schon ein wenig gewundert, dass der Köter direkt auf ihn zugehoppelt kam und in seine Arme sprang. Weil Helge hat es nun mal nicht so mit Hunden und die meisten merken's dann auch und lassen ihn in Frieden. Nur der hier war anders. Vielleicht weil er gemerkt hat, dass Helge selbst leicht gestresst war.

»Verkehrsinsel der Verdammten!«, grinste Helge da auch bei dem Gedanken den zitternden Hund an, der mit wahnsinnig süßen Augen zurückguckte. Dann suchte Helge das Halsband von dem kleinen Kerl nach Hinweisen ab. Eine Adresse, eine Telefonnummer – irgendetwas, um den Hundebesitzer ausfindig machen zu können. Eine Hundemarke der Stadt Essen hat er dann auch gefunden, in der eine fünfstellige Nummer eingestanzt war.

»Okay, du bist also die *Eins-vier-drei-zwo-acht* aus Essen«, fing Helge mit dem Hund an zu quatschen. »Das ist eine gute Nummer. Passt irgendwie zu dir.«

Da verdrehte *Eins-vier-drei-zwo-acht* sein Köpfchen irrsinnig niedlich und guckte Helge fragend an.

»Scheiße, bist du niedlich!«, wurde Helge weich und dann …

… bretterte laut hupend ein fettes Wohnmobil in den Kreisverkehr rein und kam nach einer Extrarunde auf Helges Höhe zum Stehen … und der Verkehr dahinter zum Erliegen – mit Hupkonzert. Und im nächsten Augenblick schoss eine Frau aus dem Wohnklotz auf Rädern und rief überglücklich: **»Otto, mein Otto!«**

»Äh … *Helge*, der Name, nicht *Ott…*«, korrigierte Helge die Dame erst noch ein bisschen doof, bis ihm schließlich klar wurde, dass nicht er, sondern der Hund gemeint war. Und der sprang auch gleich so dermaßen endglücklich von Helges Armen in die Arme der Frau, dass Helge selbst dachte: *Happy End in Walt-Disney-Filmen* – nichts dagegen.

Die Frau – sagen wir mal – *mittleren* Alters knuddelte erst den Otto ganz doll und dann auch noch den Helge, der sich nicht dagegen wehren konnte.

»Danke! Danke! Danke!«, bedankte sich die Frau mehrfach bei Helge, die stehenden Autos um die Verkehrsinsel herum hupten dazu und eine andere Frau ebenfalls mittleren Alters brüllte aus dem Fenster der Fahrertür das Frauchen von Otto an: **»Hille, jetzt hau rein, Mann! Wir müssen hier weg!«**

Worauf die Frau, die Hille hieß, sich mit Otto auf den Armen herzlichst von Helge verabschiedete und zurück in das Wohnmobil kletterte. Die Frau hinterm Lenkrad setzte das Haus auf Rädern auch gleich in Bewegung und …

… dann ging sie überraschenderweise noch mal in die Eisen und brüllte Helge durch das Hupkonzert zu: **»Können wir dich mitnehmen?«**

»Äh … kommt ein bisschen drauf an, wo Sie hinwollen«, brüllte Helge zurück.

»Nach Avignon!«

»Ümmm … **wo liegt das?«**

»Im Sauerland!«

»…???«

»Natürlich nicht, du Seegers. Dat liegt südlich von hier. Richtung Mittelmeer!«

Und da überlegte Helge gar nicht mehr, schnappte sich seine Kanutonne und stieg spontan in das Wohnmobil … in dem er noch eine dritte Frau vorfand. Mittleren Alters auch. … Britta, der Name.

26

Hi Thalia. Geht's dir gut? Ich hoffe! Warum habt ihr Helge verloren? Was ist mit ihm?

hatte Kai Schindler Thalia eine WhatsApp geschrieben. Direkt am Ortseingang von Bagnols, wo er mit seiner Ente am Straßenrand auf der Lauer lag. – ***Pling.***

Mir gehts top dem Helge auch Der war nur mal kurz pinkeln … und fertig!Grüße T

bekam Kai Schindler die Antwort, die Thalia garantiert nicht selbst verfasst hatte. Das war einfach nicht ihre Handschrift sozusagen. … *nur mal kurz pinkeln und fertig.* – Das war ganz klar Fynn Dreyers Wortwahl, der es auch nie so genau mit Kommata und Satzzeichen im Allgemeinen nahm.

Was Kai Schindler aber auch egal war, wer sich da am anderen Ende als Mädchen ausgab, weil entscheidend war: Die Knalltütentruppe war anscheinend wieder komplett. Und komplett würde Kai Schindler sie zur Strecke bringen. … also hier in Bagnols abpassen und wieder zurück zum Campingplatz bringen. – Unspektakulär einfach. Irgendwie auch ein wenig langweilig, weil die fünf so berechenbar waren und es ihrem Klassenlehrer so leicht machten.

Wie genau der Kai Schindler seine Schüler abpassen wollte, wusste er auch noch nicht so recht. Weil mit einer Kastenente tonnenschwere Pick-ups auszubremsen war jetzt auch nicht gerade sein Spezialgebiet. Wenn sie überhaupt noch mit dem Ding unterwegs waren.

Sehr gut, Thalia! Besten Dank für die Info und euch allen viel Spaß am Mittelmeer!

schleimte Kai Schindler jedenfalls geschickt zurück und dann kontrollierte er wieder per Rückspiegel die schnurgerade, in der Hitze flirrende Straße hinter sich. – Kein Auto, kein Pick-up, kein gar nichts. Südfrankreich hatte Mittagspause, wie es schien. – ***Pling.***

Sehr freundlich und großzügig von Ihnen, Herr Doktor Schindler. Herzlich, Ihre Thalia Farahani

»Judith Schrader!«, wusste Kai Schindler *sofort*. Die wortgewandte, stets höfliche, alles überfliegende Judith Schrader.

Schade. Die hätte ich gern noch durch die Oberstufe gebracht, wurde es dem *armen, armen* Kai da ganz sentimental ums Herz … also vier, fünf Sekunden vielleicht, da hatte er sich aber auch schon wieder im Griff und warf das Smartphone lässig auf den Beifahrersitz und kontrollierte wieder die Straße … mit nichts drauf.

Pling, machte es erneut und da ertappte er sich selbst, wie er sich über eine neue WhatsApp freute. Gespannt darauf, wer ihm dieses Mal anstelle von Thalia schrieb, schnappte er sich das Smartphone, öffnete WhatsApp und las …

Hallo, Kai. Muss ich mir Sorgen machen? Wann kommt ihr? Gruß, Bärbel

Kai Schindler brummte leicht enttäuscht die Nachricht seiner lästigen Kollegin an und überlegte, was er ihr dieses Mal antworten sollte. Weil *irgendetwas* musste er ihr ja antworten, um sie bei Laune zu halten.

Bonjour, Madam Wester'off. Wir sind so gut wie auf dem Weg. Ich melde mich. À bientôt – Kai

Er las und prüfte diese WhatsApp nochmals, befand sie für locker und flockig, schickte sie schließlich ab, warf das Smartphone wieder zurück auf den Beifahrersitz und kurz darauf bimmelte es. Ein Anruf seiner schwerstnervigen Kollegin Bärbel Westerhoff …

… dachte Kai jedenfalls, als er, ohne nachzusehen, den Anruf entgegennahm und betont lässig und extrem lustig in sein Handy näselte: »Bonjour, bonjour! 'ier ist Monsieur Schind…«

»Ja, ja, weiß ich! Hallo, hallo!«, knipste ganz überraschenderweise Thalia am anderen Ende ihrem Lehrer die Silben einfach so weg und ballerte einigermaßen gestresst die Frage hinterher: **»Haben Sie schon mal einen Traktor gestartet?«**

Und exakt da hatte der gute alte Doc so eine Ahnung, dass er seiner Kollegin soeben größtmöglichen Blödsinn geschrieben hatte, weil – hundert Punkte für den Ahnungsvollen: Er und das komplette Knalltütenteam waren *nicht* so gut wie auf dem Weg. Nicht mal annähernd.

27

Cem saß auf dem Schemel eines alten Traktors, versuchte, ihn vergeblich zu starten, und …

… um zu kapieren, warum Cem da saß und nicht nur Thalia es für sehr brauchbar hielt, wenn er den Traktormotor *jetzt* zum Laufen gekriegt hätte, sollte ich vielleicht doch kurz erklären, wie es zu dieser extrem angespannten Situation kommen konnte.

Bevor Cem nämlich gar nichts zum Laufen kriegte, schlurften er, Judith, Thalia und Fynn am Rand der einsamen Straße Richtung Bagnols entlang. Und da, urplötzlich und irrsinnig unerwartet, heulte hinter ihnen eine Polizeisirene auf. Erschrocken drehten sich die vier um und sahen, wie die Gendarmerie direkt auf sie zuraste und …

… auf ihrer Höhe angekommen, aber gar nicht stehen blieb, sondern einfach heulend weiterfuhr. – Praktisch gesehen interessierte sich die Polizei überhaupt nicht für die vier Entrückten, aber das Herz hing ihnen trotzdem tief in der Hose. Weil hätte ja auch sein können, dass Schindler *doch* die Polizei eingeschaltet hatte.

»Ich denke, es ist sicherer, wenn wir querfeldein gehen«, hatte Judith noch gemeint, und da haben alle genickt und dann sind sie links in den nächsten Feldweg rein. Durch ein Lavendelfeld, das duftete wie ein riesiges Stück lila Seife … oder wie die Kosmetikabteilung vom *dm* oder *Rossmann* … was weiß ich, freie Wahl wieder.

Jedenfalls: *The Famous Five minus Helge* latschten durchs lila Lavendelfeld und dann machte es ***pling***.

»Und? Was schreibt der Doc?«, hatte Cem da automatisch nach hinten in Richtung Thalia gefragt und die hatte dann nachgesehen und auch geantwortet: »Nichts Besonderes. Er will mich heiraten und Kinder will er auch von mir. Sieben Stück. Drei Jungs, drei Mädchen und einen Transgender.«

Cem, Judith und Fynn drehten sich erst leicht irritiert zu Thalia um und kapierten dann natürlich auch sofort, dass sie einen Scherz gemacht hatte. Alle lachten und ich persönlich hätte Thalia auch noch mal anerkennend auf die Schulter geklopft, weil: Über die sehr wahrscheinlich erste und unglücklichste Liebe ihres Lebens Witze zu machen – wenn ***das*** kein Fortschritt war, dann weiß ich's auch nicht mehr. Und dass Thalia nicht einmal mehr Bock hatte, ihrem *Exschwarm* persönlich zu antworten, das nenne ich *Fortschritt-Deluxe*.

Und wer dann tatsächlich wann mit Schindler anstelle Thalias gechattet hat, habe ich dir vom Prinzip her alles schon erzählt.

Die vier stapften also abwechselnd chattend durchs Lavendelfeld und dann kamen sie an einem roten Traktor vorbei, der scheinbar herrenlos am Wegesrand rumstand.

»Das ist jetzt echt nicht dein Ernst, oder?«, stöhnte Fynn in der sengenden Hitze Cem an, als der wie selbstverständlich da hochgeklettert ist und sich auf den Schemel hinters Lenkrad pflanzte.

»Schätze, das ist ein alter Renault!«, fachsimpelte Cem, Spross einer Mechanikerfamilie.

»Da steht aber Fiat vornedrauf«, korrigierte Judith, die alte Besserwisserin, ganz lästig.

»Äh … ja, meine ich ja. Fiat ganz klar«, korrigierte Cem sich selbst und leicht irre grinsend hinterher: »Aber egal, die Marke. Der Schlüssel steckt!«

»Du willst also einen Traktor klauen«, stellte Thalia nüchtern fest.

»*Klauen* klingt irgendwie so negativ. Wir *leihen* ihn uns nur!«

»Was heißt hier *wir*? Ich verstehe immer nur *wir*. *Ich* persönlich will keinen Traktor leihen, was hier immer noch *klauen* wäre. Das gibt nur Scheißärger und …«, machte Fynn klar, sagte dann aber gar nichts mehr, als er sah, wie Thalia und dann auch noch Judith ihre Kanutonnen auf den Hänger warfen und schließlich selbst draufkletterten.

»Also ich wär dann so weit!«, informierte Fynn einen Augenblick später Cem, als er zwischen den beiden Ladys ebenfalls auf dem Anhänger saß. Gebettet auf Lavendel, der lila roch.

Cem nickte, drückte die Kupplung voll durch, legte den Leerlauf ein, drehte den Zündschlüssel um, drückte gleichzeitig sachte das Gaspedal und …

… *Grillenzirpen.* Will sagen: Nichts tat sich und alles, was man nach wie vor hörte, war ringsherum ein original südfranzösisches *Grillenzirpen.*

»Schätze, die Batterie ist fertig«, riet Cem ins Blaue.

»Und ich schätze, du hast einfach keine Ahnung, wie man einen Traktor startet«, schätzte Thalia.

»Vielleicht gibt es ja irgendeinen Trick«, vermutete Judith und Fynn darauf: »Yep, wahrscheinlich muss man vorher einen ganzen Liter Rotwein saufen und eine Baskenmütze tragen. Sonst ist es nicht stilecht. So was merken französische Traktoren.«

»… der italienischen Marke *Fiat*«, ergänzte Judith.

»Macht euch nur lustig über den Türken«, brummelte Cem halb ernst und dann wollte er einfach nicht aufgeben und versuchte erneut sein Glück. Kupplung wieder voll durch, Leerlauf

war eh noch drin, Schlüssel rum, Gaspedal leicht gedrückt und wieder: comichaftes, zum Wegschmeißen komisches *Grillenzirpen*. Aber Unterschied diesmal: Es mischte sich ein weiteres insektenhaftes Geräusch darunter. Erst bei genauerem Hinhören kriegte man eine Ahnung davon, dass es Motorengeräusche waren. *Zweitakter*, um präzise zu sein. Und noch präziser: Motorroller der Marke Vespa … mit Emdener Nummernschild.

»Ach – du – Scheiße!«, atmete Fynn aus, als er, Judith, Thalia und Cem die komplette Friesen-Gang auf der Landstraße daherfahren sahen. An die 350 Meter entfernt schwirrten sie in der flirrenden Mittagshitze an ihnen vorüber. Und dann gingen sie doch plötzlich in die Eisen. Allen voran Achmed auf seiner rußschwarzen Vespa, bei der hier und da noch etwas Originalgelb durchblitzte.

Weißt du, der eigentliche Witz ist ja: Wenn Cem nicht das Spiegelgestänge von Achmeds Roller verbogen hätte, hätte Achmed die vier ohne den verstellten Rückspiegel niemals auf dem Lavendelfeld auf ihrem knallroten Traktor entdeckt. So aber: falscher Winkel. Vorteil: *Achmed*. Und der machte auch direkt kehrt und mit ihm seine fünf friesischen Freunde … in Richtung Feldweg!

Fynn, Judith und Thalia rissen ihre Köpfe zu Cem herum, der auch gleich wieder den Zündschlüssel bis zum Anschlag herumdrehte. – Und wieder nur: Grillenzirpen! Der Motor sprang einfach nicht an.

Aber Achmed und seine Gang hatten derweil den Feldweg erreicht. – Distanz bis zum Traktor: 300 Meter … so in etwa.

»Das ist nicht gut. Gar nicht gut ist das!«, schätzte Fynn die Lage richtig ein.

Cem drehte wie bescheuert an dem Zündschlüssel herum und pumpte per Gaspedal noch mehr Diesel in den Traktormotor. Nichts.

»Lasst uns abhauen!«, war Judiths Vorschlag und sie war dann auch schon im Begriff, vom Traktor zu springen, und Fynn voll im Begriff, ihr hinterherzuspringen, da haute Thalia raus: **»Wartet!«**

»Worauf denn noch?«, fragte Fynn nach und da kriegte er aber keine Antwort von Thalia, weil die gerade ihr Smartphone am Ohr hatte und reinbrüllte: **»Ja, ja, weiß ich! Hallo, hallo! – Haben Sie schon mal einen Traktor gestartet?«**

… und gut möglich, dass du dich jetzt schon wieder kritisch fragst, warum die Thalia sich mit dieser Frage ausgerechnet an einen Deutsch- und Geschichtslehrer gewendet hat. Falls ja, müsste ich dir antworten: auch keine Ahnung!

Jedenfalls hatte sie den Schindler nun mal angerufen, ihn gefragt, und da kriegte sie eine gefühlte Ewigkeit überhaupt keine Antwort.

Distanz Vesparoller – Traktor: 260 Meter … *Pi mal Daumen!* Hö, hö.

»Ähm … ihr macht doch bitte jetzt nichts Illegales, oder?«, plärrte Schindlers Stimme schließlich doch noch aus Thalias Smartphone, das sie auf laut gestellt hatte.

Und da rief Cem von seinem Traktorschemel auch direkt zurück: **»Nein, Doc! Nichts Illegales! Der Traktor, den wir klauen, ist unser Fluchtfahrzeug!«**

Wieder Pause! – Distanz: 240 Meter Feldweg.

»Das bringt nichts. Lasst uns abhauen! Jetzt!«, meinte Judith noch und da hörte man aber auch schon wieder des Schindlers Stimme plärren: **»Cem! Hast du den Zündschlüssel reingedrückt?«**

»Äy, ja klar, Doc?!? Und rumgedreht?!? Bin ja nicht doof, Mann!«

»Zündschlüssel bei alten Traktormodellen umdrehen heißt nur *Licht anmachen*. Mehr nicht!«

»… … ach?! «

»Ja, *ach!*«, zickte Schindler zurück und erklärte außerdem: **»Das hat mir mein Onkel beigebracht. Der war Bauer, weißt du?«**

»Das freut mich, Doc«, freute sich Cem ein bisschen. Thalia, Judith und Fynn verdrehten die Augen.

Distanz bis zum wahrscheinlich unschönsten Jugendbuchromanende aller Zeiten: geschätzte 150 Meter!

»Okay, pass auf, Cem! Da muss irgendwo ein Knopf zum Rausziehen sein. So eine Art *Choke*. Siehst du ihn?«, fragte Schindler, Cem suchte, fand ihn und sagte: **»Yep! Hab ihn!«**

100 Meter!

»Was ist denn das für ein Krach?«, fragte Schindler, der natürlich nun auch das heranrollende Vesparoller-Geschwader immer deutlicher vernahm.

»Das sind sechs mächtig angepisste Friesen auf ihren

Scheißrollern, die uns alle töten wollen«, antwortete Thalia und ungeduldig hinterher: **»Der Choke, Doc! Was soll Cem damit machen?«**

»Äh … ja, klar! Der Choke! Rausziehen und warten. Vielleicht fünf Sekunden, vielleicht auch etwas länger. Ich weiß nicht mehr. Aber dann sollte der Motor starten.«

70 Meter.

Cem zog den Knopf, der eigentlich nicht wirklich ein Choke war, sondern mehr so ein Vorglüh…*dings!* Was weiß ich. Ich bin kein Mechaniker. Hauptsache ist ja auch nur, dass Cem den Knopf zog. Alle Beteiligten, inklusive *Supporter* Kai Schindler, zählten still die Sekunden runter.

Fünf – vier – drei …

Nur noch 50 Meter.

… zwei – eins – null …

30!

… minus eins – minus zwei – minus drei …

10 Meter

… und …

… Bang! – mit einem tierisch lauten Knall sprang der Traktormotor schließlich doch an.

»Yes!«, hörte Thalia den Schindler sich noch aus dem Lautsprecher ihres Smartphones freuen, bevor sie ihn einfach so wegdrückte.

Achmed und seine Gang hatten den Traktor auf Tuchfühlung erreicht, aber Cem verlor keine Zeit. Er haute den ersten Gang rein, ließ die Kupplung fliegen und drückte gleichzeitig das Gaspedal bis zum Anschlag durch. Fynn, Judith und Thalia flogen hinten rüber in das lila Lavendelbett ihres Anhängers.

Und da begann sie, die gnadenlose Verfolgungsjagd durchs Lavendelfeld. ***Vesparoller versus Traktor***. *Mad Max* – nichts dagegen! Und *Mad Cem* machte seine Sache gut. Er hatte die Maschine voll im Griff. Er hämmerte Gang für Gang rein und peitschte den Traktor binnen kürzester Zeit auf schwindelerregende 48 km/h hoch.

Womit ich dann auch schon direkt zu der Achillesferse von Cems Traktor komme: seine Endgeschwindigkeit. Die reichte einfach nicht aus, um die Emdener Vespa-Geschosse abzuhängen, die mit unfassbaren 80 km/h fast doppelt so schnell sein konnten wie Cems Traktor.

»**Gib Gas, Mann!**«, brüllte Thalia nach vorn, während Achmed und seine Mannen mittlerweile gemütlich neben dem Anhänger herjuckelten.

»**Sorry, Lady! Mehr ist nicht drin!**«, rief Cem dramatisch zurück.

Das hatte ein bisschen was von alten Westernfilmen, in denen die Postkutschen immer von Indianern zu Pferde angegriffen werden. Großer Unterschied aber: Während in den Filmen die Indianer in vollem Tempo auf ihre Ponys klettern, um von da aus bequemer auf die Postkutsche springen zu können, konnten die Emdener nicht einmal die Hände vom Lenker ihrer Roller nehmen, weil Feldweg doch recht holprig und Tempomat bei alten Vesparollern auch Fehlanzeige.

Aber wieder verdammter Vorteil für die Emdener: Das hier war nicht die unendlich weite Prärie des Wilden Westens, sondern ein Lavendelfeld im *milden* Südfrankreich. Und da war das Ende ganz klar abzusehen. In Form einer alten Steinmauer, auf die Cem nun mit 48 km/h zubretterte. Näher und näher kam die Mauer und Cem machte keine Anstalten, das Tempo zu drosseln.

»**Festhalten!**«, rief er über seine Schulter und riss gleich drauf das Lenkrad hart rechts herum und nahm Kurs quer durchs Lavendelfeld.

Und jetzt endlich kann ich dann auch mal zu den wahren Pluspunkten eines Traktors kommen: große Reifen mit einem

Profil breit wie Bauernpranken – eine vernünftige Motorleistung mittels urgewaltigem Drehmoment und ein absolut geländetaugliches Fahrgestell. Im Vergleich dazu sind die meisten SUVs dieser Erde echt niedlich. … von Vesparollern rede ich erst gar nicht.

Cem bretterte querfeldein und planierte Lavendelreihe um Lavendelreihe. Aber ganz klar keine Chance für Achmed und seine fünf Freunde. Nicht mit ihren Vesparollern. Alles, was sie tun konnten, war zuzusehen, wie der knallrote Traktor sich durch die Lavendelreihen fräste und schließlich in einer aufgewirbelten und wohlriechenden lila Blütenwolke endgültig verschwand.

28

»Nicht dafür! Gern geschehen!«, hatte Kai Schindler noch sein Smartphone angebrummt, nachdem Thalia die Verbindung zu ihm einfach gekappt hatte.

Dann warf er es wieder auf den Beifahrersitz und guckte darauf ganz automatisch in den Rückspiegel der Kastenente, um die flirrend leere Landstraße zu kontrollieren. Was natürlich jetzt Quatsch war, weil die fünf Knalltüten mit dem Traktor unmöglich so dämlich sein konnten, diesen Weg zu wählen. Und das war dem Schindler dann natürlich auch klar. Was ihm nicht ganz so klar war, *welchen* Weg sie nun wohl zum Mittelmeer einschlagen würden. … mit einem *Traktor*! Er nahm die Straßenkarte aus dem Seitenfach der Fahrertür, faltete sie auseinander und dachte nach.

Er fummelte mit seinem Zeigefinger mögliche Routen zum Mittelmeer nach, die die *vermeintlichen* fünf mit oder ohne Traktor einschlagen könnten. Dabei blieb er mindestens zweimal in Avignon hängen. Und da klopfte er dann eine Weile drauf herum und meinte schließlich: »Das ist ein Zeichen! Die fahren über Avignon!«

Das mit dem Zeichen war natürlich auch mal wieder der totale Mumpitz, aber auch *das* wusste Schindler selber nur zu gut, weil: Er wollte selbst gern nach Avignon …

… und fuhr dann auch!

29

Und dann war's auch schon wieder Abend und Helge saß mit Hund Otto auf einem Campingstuhl am Ufer der Rhone mit Blick auf die Altstadt von Avignon. Er kam sich vor wie in einer Kulisse von *Game of Thrones*. Vor ihm erstrahlte im goldenen Licht der Abendsonne der mittelalterliche Papstpalast. Und beinah surreal – also alles andere als echt – kam dem Helge die Brückenruine vor, die von der gegenüberliegenden Uferseite aus herüberragte und mitten im Fluss gerade abfiel und da einfach aufhörte zu sein.

Helge saß also da mit dem schnurrenden Otto auf seinem Schoß, dem er das Ohr kraulte, und die Frau, die heute Mittag in Orange das Wohnmobil gefahren hatte, hieß Karla Werner und saß neben ihm und seufzte: »Boah Ker, watt is datt schön hier!«

»Jau, Werner!«, haute Britta raus und Hille nickte, erhob ihren Campingbecher mit Prosecco drin und toastete: »Vive la France!«

»Auf jeden!«, meinte Helge und alle erhoben ihre eigenen Becher, stießen an und kippten sich vornehm Prosecco in den Hals.

»Bist du eigentlich schon sechzehn?«, fragte Karla da noch mal ein bisschen streng nach.

»Äh … ja klar«, informierte Helge sie und schob schnell nach: »Ich hab auch meinen Pass dabei, falls du den sehen willst.«

»Sonst noch watt?! Ich hab Urlaub, Mann!«, winkte Karla ab, die von Beruf Polizistin war.

Und wenn Helge heute Mittag auch nur geahnt hätte, dass Karla Werner eine amtliche Polizeibeamtin war, hätte er ihr und den anderen beiden Damen auf dem Weg nach Avignon vermutlich nicht ganz so ungefiltert erzählt, wie und warum er in Orange gelandet war. Hatte er aber. Bis ins Detail. Vor allem, weil Karla immer wieder so bohrend nachgefragt hatte. Bis Hille den Helge irgendwann endlich fröhlich aufklärte, dass *Frau Werners* Neugier berufsbedingt sei. Polizistinnen müssten halt immer alles ganz genau wissen. Da hatte der Helge erst

geschluckt, weil er mächtig Schiss hatte, dass der Drogenkonsum in Bennos Nudistencamp und die Niederbrennung eines Vesparollers inklusive Einmannzelt nun üble Konsequenzen für ihn und seine Freunde haben würde.

Hatte es aber alles gar nicht. Polizeioberwachtmeisterin Karla Werner war einfach nur von Natur aus verdammt neugierig. Ansonsten hatte sie, wie sie jetzt eben selber sagte, Urlaub.

»Warum hast du deine Freunde eigentlich noch nicht angerufen?«, stellte zur Abwechslung Britta, die von Beruf Sozialpädagogin war, nun Helge auch mal eine Frage.

»Ich hab kein Handy dabei. Und selbst wenn ich eins hätte, ich hab die Nummer von Thalia gar nicht«, war Helges Antwort.

»Ach, das ist aber schade«, meinte Hille, die von Beruf gar nix war, der aber trotzdem das Wohnmobil gehörte, mit dem die drei Grazien unterwegs waren … oder doch etwas präziser: Das Wohnmobil gehörte ihrem Mann, dem Rolf, der Zahnarzt war.

»Die Nummer kriegen wir raus!«, meinte Karla jedenfalls, fragte noch einmal nach Thalias Nachnamen, nahm ihr Smartphone vom Campingtisch und rief jemanden an.

… und wen sie da anrief, dürfte ich dir jetzt eigentlich gar nicht sagen, weil Amtsmissbrauch eben auch ein Straftatbestand ist, und das teilte Karlas Kollege in Bochum ihr nun auch ganz klar am anderen Ende der Leitung mit … nachdem er ihr natürlich die Handynummer von Thalia Farahani per Mausklick rausgesucht und durchgegeben hatte.

»Danke, Kowalski. Hass watt gut bei mir!«, hatte Karla noch in ihr Smartphone gegrinst, aufgelegt, um direkt darauf Thalias Handynummer anzuwählen.

Sie stellte das Smartphone auf *laut* und nach ein paar Freizeichen erkannte Helge Thalias Stimme, die verdammt argwöhnisch fragte: **»Scheiße, wer ist da?«**

»Kripo Bochum, Schätzchen!«, smilte Karla cool ins Handymikro und Thalia natürlich direkt zurück: **»Fick dich, Bitch! Verarschen kann ich mich alleine!«**

Worauf Karla verdutzt Helge neben sich anglotzte und der wiederum aber auch direkt und deutlich in ihr Smartphone rief: **»Hi Thalia, nicht auflegen. Ich bin's. Helge! Kripo Bochum macht nur Spaß und hat Urlaub!«**

Und da hörten Helge und die drei Grazien erst mal nur einen spitzen Freudenschrei. Worauf Helge dachte, wenn ihm vor ein paar Tagen noch jemand erzählt hätte, dass ausgerechnet Thalia Farahani sich wie bescheuert freuen würde, wenn sie seine Stimme hörte, da hätte er demjenigen auch nur kommentarlos einen Vogel gezeigt.

Wie auch immer: Offenbar hatte auch Thalia am anderen Ende ihr Smartphone jetzt auf *laut* gestellt und Helge und die drei Damen hörten erst Fynn rufen: **»Hey Boss! Wo steckst du, Mann?«**, dann Judith: **»Geht's dir gut, Helge?«**, und zum Schluss noch Cem grölen: **»Das ist mein Stratmann! Stratmann ist ein Teufelskerl!«**

»Watt is denn mit dem los? Hat der schon wieder gekifft?«, fragte Britta Helge leise und der klärte dann alle drei

Damen auf: »Nee, der ist so. Der kann nicht anders.« Und in das Smartphone, das Karla nun wieder auf den Campingtisch abgelegt hatte, rief er: **»Mir geht's eins a. Bin in Avignon. Mit drei Ladys in einem Campingbus! Also die haben mich mitgenommen und …«**

»Geiler Pfeiler! Der Stratmann und die Weiber!«, haute Cem direkt raus und Helge, mit leicht roter Birne, wechselte schnell das Thema und fragte: **»Und? Wie geht's euch?«**

»Supi!«, antwortete Judith und Thalia fröhlich hinterher: **»Wir haben einen Traktor geklaut und sind mit dem durch ein Lavendelfeld gebrettert und …«**

… bevor Helge da mit seinen Fingerkuppen überhaupt auch nur in Reichweite von Karlas Smartphone war, hatte die reaktionsschnelle Polizeibeamtin sich das Teil wieder geschnappt und lauschte amüsiert, was Helges Gang sonst noch Interessantes zu berichten hatte.

… und das war alles in allem, dass die vier mit dem Traktor dann auch noch durch ein Sonnenblumenfeld gedonnert sind, um ganz sicherzugehen, dass sie die friesischen Verfolger auch wirklich abgehängt hatten. Und nach ein paar weiteren Kilometern über Wege und Felder ist ihnen aber der Sprit ausgegangen, und da sind sie eben zu Fuß weiter. Und weil es doch echt heiß war, haben sie es sehr relaxed angehen lassen, bis die vier Hochleistungssportler nach einem halben Kilometer ein leer stehendes Haus direkt am Ufer der Rhone entdeckt hatten, wo sie nun immer noch waren und auch übernachten wollten.

Wie genau die vier am nächsten Morgen weiterreisen würden, wussten sie selbst noch nicht. Klar war, dass sie auf jeden Fall nach Avignon kommen würden, um dort *ihren Helge frisch zu machen.* … Cems Worte, nicht meine.

»… also! Bis morgen dann!«, verabschiedete Helge sich noch von den vieren, bevor sie das Telefongespräch beendeten. Und da musste er sich echt stark zusammenreißen, dass er nicht anfing zu heulen, so glücklich war er.

Und keine Ahnung wieder, ob Britta, die alte Sozialpädagogin, das direkt spitzgekriegt hat, jedenfalls fragte sie ihn dann ablenkend geschickt am Thema vorbei: »Und? Schon so eine Idee, was du mal werden willst … *Boss*?«

Und da stutzte der Helge erst, weil Britta ihn jetzt auch noch *Boss* nannte, aber geheult hatte er dann jedenfalls nicht. Und da kannst du mal wieder sehen, wozu Sozialpädagoginnen gut sind.

»Baggerfahrer oder Lokomotivführer. Ich weiß noch nicht so genau«, haute Helge albern raus, worauf Britta aber auch direkt nachhakte: »Und was im Ernst?«

Und da druckste Helge erst ein wenig rum, weil *ernsthaft* gesehen fand er das Thema doch eher nervig, und dann erzählte er Britta schließlich doch noch von der Druckerei seines Vaters und allem, und weil die Britta gar nichts sagte und einfach immer nur mit Finger am Kinn guckte und zuhörte, erzählte Helge immer mehr und mehr und mehr und auch davon, dass er mit dieser Zukunftsvision – vorsichtig ausgedrückt – nicht besonders glücklich war, weil *Film*, das war seine Leidenschaft, und …

… exakt *da* quoll dann doch noch eine verfluchte Träne aus Helges rechtem Auge raus, die er sich dann so beiläufig wie möglich wegwischte.

»Sach mal, heulst du?«, fragte die verdammt aufmerksame Polizistin Karla Werner da aber auch gnadenlos nach, doch Britta dann geschickt und nahtlos hinterher: »Also, ich finde das nicht verkehrt, wenn du nach deinem Abi dieses Studium machst. Druck…*dings* …«

»…*technik*.«

»… genau: *Druck**technik***! Und dann siehst du ja, ob dir das liegt oder nicht.«

»Britta, ganz ehrlich: Datt is totaler Quatsch, watt du da erzähls'«, kriegte Britta da aber auch direkt von Karla einen drüber. »Ich meine, guck dir den Jungen hier an. Der hat doch überhaupt keinen Bock auf Papas Laden. Wozu datt Elend dann noch künstlich in die Länge ziehen?!«

»Läuft der Laden denn?«, klopfte Hille noch mal die finanzielle Seite ab.

»Ja! Ziemlich gut sogar«, informierte Helge sie.

»Na, dann ist die Sache ja wohl eindeutig!«

»Und du hast eindeutig den Schuss nicht gehört, Hille. Aber ehrlich. Du hast immer nur Kohle im Kopf!«, kriegte jetzt auch die Hille von Karla zu hören.

»Weshalb wir drei Hübschen mit *meinem* Wohnmobil hier in Südfrankreich Urlaub machen können.«

Touché. Da fiel der Karla jetzt auf die Schnelle nix ein, womit sie hätte kontern können. Und Hille jetzt einfach daran zu erinnern, dass ihr Rolf ja wohl das Wohnmobil bezahlt hat, wäre zu billig gewesen und hätte sehr wahrscheinlich auch die schöne Stimmung vermiest … auch langfristig gesehen.

»Also, ich denke …«, wollte Helge an dieser Stelle etwas Einlenkendes sagen, aber da bretterte Karla ihm einfach ins Wort: »Okay, Mädels. Kompromiss: Stratmanns Helge hier macht erst sein Abi, geht danach an die Schauspielschule, und wenn er damit ordentlich auf die Fresse geflogen ist, *dann* übernimmt er Papas Laden! D'accord?«

»D'accord!«, grinsten die beiden gleichzeitig und alle stießen wieder miteinander an und schütteten sich Prosecco in den Hals. Inklusive Helge, dem es dann auch komplett egal war, was er eben noch einlenkend sagen wollte, weil: Ganz gleich, was in ein paar Jahren sein würde, das Allerbeste war, dass er ***jetzt*** mit diesen drei durchgeknallten Ladys am Ufer der Rhone saß und dass der pervers niedliche Otto auf seinem Schoß, angesteckt von der allgemein guten Stimmung, ihm sinnfrei fröhlich das Gesicht ableckte. Und dass er dann auch noch morgen *ganz sicher* seine Gang wiedertreffen würde, das alles war so dermaßen perfekt, dass er schon wieder hätte heulen können. … vor Glück diesmal, versteht sich von selbst!

30

Am nächsten Morgen, an die fünfzig Kilometer nördlich von Avignon, stellte sich Cem mit ausgestrecktem Daumen ans Ufer der Rhone.

»Was soll denn der Quatsch?«, fragte Thalia da auch direkt nach, als sie zusammen mit Judith und Fynn aus der Bruchbude, ihrem Nachtquartier also, nach draußen in den frischgelben Morgen trat.

»Hallo?! Ich trampe?!?«, antwortete Cem so dermaßen selbstverständlich, als hätte Thalia ihm gerade eine total dämliche Frage gestellt.

Aber da sagte sie ganz erstaunlicherweise diesmal nichts drauf, Judith und Fynn guckten Cem auch nur mitleidig an und dann …

… fuhr eine Motorjacht rechts ran und eine ältere Dame steckte ihren Kopf aus der Führerkabine raus und fragte: »Wo soll's denn hingehen?«

»Cemy-Boy, du bist genial!«, lobte dieselbe Thalia Cem, als auch der als Letzter frisch geduscht aus dem Inneren der Jacht nach draußen auf das Sonnendeck zu den anderen trat.

»Ich weiß!«, antwortete er und goss sich dann ebenfalls ein schönes Glas eiskalter Zitronenlimonade ein, die die ältere Dame, die Elli hieß, dem *Tramper-Quartett* serviert hatte.

Thalia rollte da natürlich nur noch kommentarlos die Augen, aber Judith grinste ihn an: »Sag mal, Cem! Ist so viel Selbstbewusstsein nicht auch schon wieder ein wenig langweilig?«

Cem dachte anscheinend ernsthaft über die Frage nach und da brummelte aber auch schon der alte Herr, der Ellis Mann war und Hardy hieß, vom oberen Steuerdeck her: »Eier haben ist nie verkehrt!«

»Hardy, **bitte!**«, rügte ihn direkt seine Elli, und an ihre Gäste gewandt: »Noch etwas Gebäck?«

Nein, Gebäck wollte niemand mehr. Fynn, Cem, Thalia und Judith saßen auf dem Sonnendeck, nuckelten wunschfrei an ihren Trinkhalmen und genossen die Fahrt über die Rhone Richtung Avignon.

Und jetzt muss ich gestehen, dass ich von der Schifffahrt im Allgemeinen wirklich verdammt wenig Ahnung habe, aber was ich stark vermute, ist, dass der Kahn von Elli und Hardy Kruse mehr draufhatte als ein gefühltes Brustschwimmtempo.

»Hey, Käpt'n! Das könnte der Vergaser vom dritten Zylinder sein. Ich hör so was«, gab Cem, der alte Opelaner, Hardy Kruse da oben auf seiner *Steueretage* einen fachmännischen Tipp in puncto *möglicher Verursacher der Langsamkeit.*

Doch der drehte sich nicht einmal zu Cem um, schüttelte verständnislos seinen Kopf und brummelte sein Holzrad an … oder wie man so bei Jachten sagt.

Jedoch Elli, die neben Cem saß, die sah ihn ganz erstaunt an und meinte zu ihm: »Aber Cem, der Motor – das ist doch ein Diesel.«

»Ja, ja, das weiß ich«, lächelte der gutmütig zurück.

»Dieselmotoren haben keine Vergaser«, klärte Elli ihn auf.

»… ach?!«

»Ja, *ach!* Tut mir leid«, bedauerte Elli den erstaunten Cem ehrlich, aber Thalia, Judith und ganz klar auch Fynn prusteten vor Vergnügen Luftblasen durch die Trinkhalme in ihre Zitronenlimonaden.

Und da drehte sich Hardy Kruse doch noch einmal zu Cem um und brummelte einigermaßen versöhnlich: »Mit der guten alten Johanna ist alles in Ordnung.«

»… öhm, das freut mich«, antwortete Cem etwas unsicher, weil Käpt'n Hardy offensichtlich gern in Rätseln sprach.

Aber Elli klärte gleich auf: »Johanna heißt das Boot hier. Und es ist unsere letzte Fahrt mit ihr ans Mittelmeer.«

»… und da wird sie endgültig verkauft, die Johanna. Nach neununddreißig Jahren«, ergänzte Hardy und da beobachtete Fynn, dass der alte Mann im nächsten Moment den Gashebel noch einen weiteren Millimeter zurücknahm und die gute alte Johanna unmerklich noch etwas langsamer über die Rhone tuckerte.

Es war, als würden Elli und ganz besonders Hardy einfach nicht ankommen wollen. Aber selbst wenn Hardy den Gashebel noch weiter zurücknahm, den Motor vielleicht sogar komplett ausschaltete, sie waren auf einem Fluss und die Strömung brachte sie unweigerlich bis ans Ziel. – *Ans Meer, zum allerletzten Mal.*

Das war jetzt mal ein Bild, mit dem Fynn irgendwie versuchte klarzukommen. Und als ob Judith seine Gedanken lesen konnte, fragte sie Elli und Hardy: »Warum behalten Sie das Boot nicht einfach?«

»Das geht nicht, Kind. Weißt du, wir werden ja auch nicht jünger«, seufzte Elli.

»... und außerdem brauchen wir jeden Penny für den *Fight Club*!«, brummte Hardy.

Und weil auch da die Fragezeichen fett über den Köpfen aufploppten, klärte Elli wieder auf: »Hardy meint unsere Altersresidenz, in die wir demnächst ziehen werden. Oktober ist es so weit.«

»Endstation Altersheim, verdammte Scheiße noch mal!«, wurde Hardy noch etwas deutlicher.

»Hardy, ***bitte!***«, rügte Elli ihn wieder.

Judith, Fynn, Thalia – ja, selbst Cem – sahen Elli und Hardy stumm und irgendwie auch etwas mitleidig an.

Auch der Herbst hat schöne Tage, gingen dem Fynn da die tröstenden Worte durch den Kopf, die er mal vor langer Zeit von seiner Großtante Magdalena aufgeschnappt hatte. Die hatte den Spruch einst seinem Opa zum Siebzigsten um die Ohren geschleimt. Der Witz daran: Tante Magdalena, die in etwa genauso alt wie Fynns Opa war, sackte vier Wochen später in einem Frisiersalon unter der Trockenhaube zusammen und verstarb. – Herzversagen! Einfach so. Das war natürlich nicht wirklich witzig. Also irgendwie schon, weil Tante Magdalena konnte nun wirklich keiner leiden, und da war's dann auch Fynns Opa, der während der Beerdigung seinem Vater zuflüsterte: »Unklar, ob unter *ihren* Herbsttagen auch schöne dabei waren, sie waren vor allem eins: verdammt kurz!«

Daran erinnerte sich Fynn jetzt wieder, aber wurscht, wie unbeliebt Großtante Magdalena im Allgemeinen war: Den Herbstspruch fand er irgendwie ganz brauchbar und da wollte er ihn auch gerade für Elli und Hardy tröstend aufsagen, da knurrte Hardy sie alle an: »Ich warne euch! Der Erste, der meint, uns mit seinem Mitleidsquatsch trösten zu wollen, wird gekielholt.«

Und da musste selbst die *naturtrübe* Elli ein wenig lächeln, die den Landratten dann auch erklärte: »Das heißt, man wird mit einem langen Seil gefesselt, über Bord geworfen und eng unter dem Schiffskiel hergezogen. Quer oder längs. Je nach Schwere des Vergehens.«

Fynn schwieg still und weise und strich sogleich sein Herbstsprüchlein aus der Kategorie *tröstende Worte* und …

… Cem neben ihm aber haute betont heiter raus: »Man ist immer nur so alt, wie man sich fühlt!«

»Elli, hol das Seil!«, befahl Hardy seiner Frau.

Und die blieb natürlich sitzen, aber Thalia bot an: »Ich mach das. Wo liegt es?«, und Judith direkt hinterher: »Ich helfe dir!«, und Fynn gleich drauf: »Ich halt ihn solange für euch fest«, worauf er sich auf Cem in seinem Liegestuhl stürzte und so tat, als würde er ihn fest umklammern.

»Hilfe! Hilfe!«, jaulte Cem extrem theatralisch zu einem Paar mit Hund zum Ufer herüber, die dort entlangflanierten, stumm und fragend guckten und dann kopfschüttelnd einfach weitergingen.

»Sie verstehen dich nicht. Niemand versteht dich. Du bist ganz allein!«, grinste Thalia zu Cem rüber.

»Das ist nichts Neues, ihr Freaks!«, strahlte Cem zurück und befreite sich aus Fynns halbherzigem Klammergriff. Und an Elli und Hardy gewandt: »Was ist so falsch daran?«

»An deinem idiotischen Spruch?«, fragte Hardy zurück und mit Antwort gleich hinterher: »Alles, *junger Padawan*! Ich bin achtundsiebzig und das ist keine selbst gewählte Entscheidung, sondern eine verdammte Tatsache. Scheißrücken, Scheißkreislauf, Scheißalter! Ein gottverdammter Fakt.«

»Aber manchmal fühl ich mich mindestens fünf Jahre jünger, als ich tatsächlich bin«, wandte Elli ein.

»Ach, Hase! Dann wärst du wieder zweiundsiebzig und da hattest du auch schon Arthrose in den Knoch…«

»Herr Kruse?«, bremste Judith den alten Mann aus.

»Ja bitte?«

»Können Sie es nicht einfach mal so stehen lassen?«

Und da guckte der erstaunte Käpt'n von seiner Kanzel – oder wie man so bei Jachten sagt – streng auf Judith herab, sprachlos auch. Dann aber, sehr überraschend für alle, meinte er nach einer Weile: »Da hast du recht, Mädchen«, und brummelnd hinterher: »… und sag bitte Hardy zu mir.«

Und dann war das elende Thema aber auch vorerst vom Tisch, als Thalias iPhone anfing zu bimmeln, und da erkannte Thalia diesmal gleich die Nummer.

»Hier spricht *al-Qaida*. Guten Tag. Was kann ich für Sie tun?«, nahm sie den Anruf fröhlich säuselnd entgegen und stellte das Smartphone auf *laut*.

Und sogleich hörte man da auch Polizeibeamtin Karla vom anderen Ende her genauso freundlich übertrieben säuselnd antworten: »Mir in erster Linie nicht dauernd auf den Sack gehen … *Bitch!*«, und normal gut gelaunt hinterher: »Bleib dran, Schätzchen, euer Helge will watt von euch!«

31

Kai Schindler wirkte etwas zerknittert, als er in der Schlange vor dem Eingang zum Papstpalast stand. Was jetzt nicht daran lag, dass er wieder mal schlechte Laune hatte. Die Zerknitterung war äußerlich. Das Hemd, die Hose, das Gesicht … der ganze Mann: praktisch gesehen ein Faltenwurf. Was wiederum stark damit zu tun hatte, dass er die Nacht in *seiner* Kastenente verbracht hatte. Vor den Toren Avignons. Auf einem Parkplatz. Freiwillig! Und das jetzt nicht, weil Schindler vielleicht so ein unsympathisches Sparbrötchen war, das sich einfach nur um die Hotelkosten drücken wollte. Ganz im Gegenteil: Am Abend vorher war er sogar noch in der City shoppen. Ein Aufladekabel für sein Smartphone wollte er ursprünglich nur besorgen, aber am Ende hatte die alte *Shopping Queen* dann auch noch eine neue Isomatte, eine Taschenlampe, ein Paar frische Socken, Zahnbürste … und, und, und.

Äußerlich also zerknittert, innerlich verdammt zufrieden stand der Herr Doktor nun wenig später an der Kasse, bezahlte die 13,50 Euro für das Ticket und betrat den Papstpalast.

Angenehm kühl war es da drinnen hinter den meterdicken Festungsmauern und …

… gut möglich wieder, dass du dich kritisch fragst: Was zur Hölle macht der Mann in dem Papstpalast? Er sollte auf Schülerjagd sein.

Ding ist, dass Kai Schindler sich ziemlich sicher war, dass seine entfleuchten Knalltüten noch auf dem Weg nach Avignon waren. Per Motorjacht diesmal, nicht per Traktor. Über Thalias Smartphone hatte das Knalltüten-Team ihm ein Gruppenfoto geschickt. Und da konnte er sie alle sehen, wie sie lässig in ihren Liegestühlen auf dem Sonnendeck einer Jacht herumlagen und mordsüberheblich in die Kamera grinsten. – Fynn, Cem, Thalia und Judith. Nur Helge war nicht drauf, weil er vermutlich das Foto geschossen hatte. Statt seiner entdeckte Kai Schindler aber eine ältere Dame am rechten Bildrand, die freundlich winkte. Das beruhigte ihn irgendwie, weil das wohl hieß, dass das Nerv-Quintett die Jacht sehr wahrscheinlich *nicht* gekapert hatte.

Und ebenfalls *sehr* wahrscheinlich war, dass sie in Avignon mit der Jacht erst gegen Mittag eintrudeln würden. Denn auch wenn Thalia so pfiffig war, die Ortung ihres Smartphones auszuschalten … oder die verdammte Ortung über seine Karten-App gar nicht funktionierte: Das Kraftwerk mit seinen riesigen Kühltürmen im Hintergrund des Bildes verriet ihre derzeitige Position. Er selber war gestern Nachmittag noch an dem Ding vorbeigefahren. Auf dem Weg nach Avignon. Rund 40 Kilometer lag es vor der mittelalterlichen Stadt. Was eben hieß, dass er noch in aller Ruhe den Papstpalast besichtigen konnte, bevor er sich ans Ufer der Rhone begeben würde, um dort eine Jacht mit fünf entflohenen Schülern abzufangen. *Wie* genau er das anstellen wollte, wusste er immer noch nicht. Aber da würde ihm schon was einfallen.

Kurzum: Was diesen albernen Trip zum Mittelmeer anging, war Kai Schindler sehr zuversichtlich, dass er diesen in weniger als zwei Stunden hier beenden würde.

Wer ihm ein wenig Sorgen bereitete, das war seine Kollegin Bärbel Westerhoff, die ihn nervigerweise jetzt zum dreitausendstenmal anrief, just als er mit einem schwäbisch brabbelnden Rentner-Pulk durch das päpstliche Schlafgemach schritt. Und bevor Bärbel womöglich auf dumme Gedanken kam und schließlich doch noch die Polizei benachrichtigen würde, nahm er den dreitausendsten Anruf nun endlich entgegen.

»Guten Morgen, Bärbel-Schätzchen. Alles in Ordnung?«, trompetete er unwahrscheinlich gut gelaunt in sein Smartphone.

»Geht so. Boris Hartmann hat Kopfschmerzen und die Kotzerei. *Sonnenstich* vermutlich«, informierte Bärbel Westerhoff Kollege Schindler tonlos.

»Aber das ist doch großartig. Da kann er wenigstens keinem auf den Sack gehen! Ha-ha-h…«

»Ja, sehr lustig, Kai«, würgte Bärbel ihren Kollegen ab und dann kam sie auch direkt zur Sache: »Was ist jetzt mit Thalia und den anderen? Warum seid ihr noch nicht da?«

»Äh ... Thalia und die anderen – richtig! Das hat sich doch alles etwas hingezogen, weißt du. Thalia selbst hat sich wieder im Griff, aber ... öhmm ... Cem! Dem Cem geht's nicht so gut!«, log Kai Schindler seine Kollegin an, während er zusammen mit seiner schwäbischen Rentnergang vom päpstlichen Schlafgemach in einen irre langen Saal wandelte, der vielleicht mal der Frühstücksraum des Papstes gewesen war – schwer zu sagen, ohne Mobiliar.

»Aha?«

... ... und weil nach *aha* aber einfach so gar nichts mehr von Bärbel folgte, fragte Kai unsicher und auch ein bisschen blöd nach: »Wie *aha?!* Glaubst du mir etwa nicht?«

»Kein Wort!«, war ihre Antwort.

»... ... ... aha?!«, sagte Kai da sehr originell.

»Kai, ich weiß nicht, was da bei dir los ist, aber wenn du die Kids nicht unter Kontrolle hast, dann sollten wir die Polizei rufen«, erklärte Bärbel Westerhoff sehr ernst, sehr entschieden, sehr eindeutig.

»Ach, Bärbel. Da geht doch jetzt ein bisschen die Fantasie mit dir durch. Ich hab alles im Griff hier! Don't worry mit den ***coolen Kidssss***! Hahahah...«, lachte Kai Schindler ein wenig irre in sein Smartphone und dann, einer plötzlichen Eingebung folgend, nahm er das Smartphone ein wenig beiseite und rief betont streng in den gut besuchten Saal hinein:

»Stehen bleiben, Helge Stratmann. Die Gruppe wird nicht gesprengt, hörst du?!«

Dann presste er das Smartphone wieder an sein Ohr, gespannt auf die Reaktion seiner Kollegin.

»Für wie dämlich hältst du mich eigentlich?!?«, war die Reaktion, auf die Kai Schindler aber gar nicht mehr vernünftig antworten konnte, weil just in dem Moment entdeckte er – total irre jetzt – den echten Helge Stratmann. Keine zehn Meter von ihm entfernt stand er da zwischen all den beigefarbenen Rentnern. Leibhaftig, blass und wie schockgefroren starrte er seinen Klassenlehrer mit mächtig großen Augen an.

»Ich ruf zurück!«, beendete Kai Schindler schon wieder das Gespräch mit seiner Kollegin, hechtete zu seinem Schüler und packte ihn am Handgelenk.

32

»Hab dich!«, hörte Helge Kai Schindler triumphieren. Sein Puls wummerte wie eine Technoparty in seinen Ohren und sein Mund war schlagartig ausgetrocknet. Kein Wort brachte der arme Helge mehr heraus.

»Hascht ei' Problem mit dem Kerle?«, fragte ein untersetzter Schwabe ihn, der zusah, wie Schindler Helges Handgelenk umklammerte.

»Das geht Sie nichts an. Gehen Sie bitte weiter!«, knurrte Kai Schindler den Herrn an, der jedoch einfach stehen blieb und mit ihm noch ein paar weitere Herrschaften selben Alters, selber Größe.

»Des isch ja ei' Un-ver-schämt-heit!«, empörte sich jetzt eine Dame rechts von dem Mann.

Schindler ließ genervt seine Blicke durch den Rentnerauflauf schweifen und raunte: »Was ist das hier? *Minions in Beige,* oder was?«

»Datt hier, Spacko, nennt sich *Schicht im Schacht!*«, kriegte er da ziemlich unerwartet eine Antwort von links. Karla war's, die Schindlers Hand gezielt an zwei Punkten zusammendrückte, sodass der Helges Handgelenk augenblicklich mit einem spitzen Schrei einfach losließ. – Spontaner Applaus aus den Rentner-Reihen.

Überrascht – also *wahnsinnig, extrem, über alle Maßen* überrascht glotzte Kai Schindler die Angreiferin an, befreite sich aus ihrem Klammergriff, schnappte erneut nach Helges Handgelenk und …

… nach einer weiteren Standardübung, die Polizeibeamtin Karla Werner fast gelangweilt ausführte, lag der … *maximal* überraschte Herr Doktor Schindler mit zerknautschtem Gesicht am päpstlichen Boden. – Weiterer Applaus und Jubelrufe aus den Schwabenreihen.

»Sch… Sch… Sch… Stopp!«, fand Helge schließlich seine Stimme wieder. »Das ist der Schindler! Mein Klassenlehrer, Karla. Tu ihm nichts. Bitte!«

Britta, rechts von Karla, meinte überrascht: »Ach, ehrlich? *Das da* ist dein Lehrer?«

Und Hille links von Karla freiheraus: »Genau dein Typ, Fräulein Werner!«

»Seeehr witzig!«, blaffte Karla sie an und löste dann aber doch den amtlich eisenharten Griff von Schindlers Arm, mit dem sie ihn am Boden fixiert hatte.

»*Oooooooh…*«, hörte man noch vereinzelnd enttäuschte Stimmen aus dem Pulk, der gleich darauf aber auch weiterzog.

»Scheiße!«, fluchte der Schindler. »Scheiße, Scheiße, Scheiße! Das war ganz klare Körperverletzung … ***Fräulein* Werner!**«

»Sonst noch watt? Sie haben einen Minderjährigen bedroht. Was genau hätte ich denn Ihrer Meinung nach tun sollen, ***Herr Schindler***?«, fragte Karla genervt.

»Vielleicht einfach mal eine verfickte Frage stellen, bevor Sie mir den Arm auskugeln?«, fragte der Schindler nicht wirklich zurück.

»Sprache, Lehrer, Sprache!«, rügte Karla ihn.

»Pff!«, machte Schindler trotzig, sah dann aber auch noch mal vom Boden hoch – praktisch gesehen, erster konkreter Blickkontakt mit seiner Peinigerin – und da meinte er zu ihr doch etwas milder: »Ist doch wahr, Mensch. Das tat echt weh!«

»Das ist ihr Job, Mann! *Fräulein* Werner ist Polizistin!«, klärte Hille stolz auf.

»So sieht's aus, Schindler«, lächelte ihn da auch die Karla zum ersten Mal ungefiltert an und der Schindler lächelte ungefiltert zurück, worauf der Helge die Augen rollte und stöhnte: »Jesses!«

Den Schindler wurden sie dann auch nicht mehr los. Was natürlich in erster Linie damit zu tun hatte, dass er als Klassenlehrer nun mal amtlich die Verantwortung für seinen Schüler Helge hatte, was in zweiter Linie insbesondere Polizeibeamtin Karla Werner natürlich *sofort* akzeptierte. Und so setzten Helge und seine drei Grazien die Palastbesichtigung zusammen mit Schindler fort, der wie ein Terrier an ihm klebte.

»Also, mir hat's gefallen!«, war Hilles Resümee, als sie nach der Besichtigung wieder auf dem Vorplatz des Palastes standen, wo Hille ihren Otto wieder von so einer Art *Hunde-Nanny* abholen konnte.

Helge, Britta und auch Schindler stimmten Hille zu, nur Karla meinte: »Na ja, ging jetzt so. Für die Kohle hätten sie auch ruhig ein paar Möbel reinkloppen können.«

»Ach, weißt du, Karla, dann wäre es nicht mehr so authentisch«, widersprach ihr Kai. Beide waren mittlerweile beim *Du*.

»Ach komm, Schindler! Wenn die da im Schlafzimmer vom *Pontisex* ein Doppelbett mit Tigerbettwäsche hingestellt hätten, hätt'se auch geglaubt, datt datt passt!«

»Ponti*fex*«, korrigierte der Lehrer die Polizistin grinsend und dann verkniff er sich aber jeden weiteren schlüpfrigen Kommentar, weil immerhin war ein *Minderjähriger* anwesend.

Und der Minderjährige – also Helge jetzt – schielte auf seine Uhr, um zu gucken, wie viel Zeit ihm noch blieb. – Maximal eine Stunde, dann würden Fynn, Cem und die beiden Ladys mit der Jacht in Avignon ankommen. Das jedenfalls war die aktuelle Info, die sie ihm über Karlas Smartphone heute Morgen durchgegeben hatten.

Und interessant jetzt, dass Lehrer Schindler ebenfalls auf seine Uhr guckte und dann sagte: »Wir haben noch ein wenig Zeit. Helge und ich schauen uns jetzt noch die *Pont d'Avignon* an. Kommt ihr mit?«

Hille, Britta und natürlich auch Karla nickten und Helge aber schüttelte verständnislos den Kopf: »Wieso *Helge*? Ich versteh immer nur *Helge*. *Helge* will vielleicht gar nicht auf die Brücke.«

»*Helge* wird aber gar nicht gefragt!«, sprach sein Klassenlehrer fröhlich das letzte Wort, gab seinem Schüler einen leichten Schubs nach vorn und dann spazierten sie alle miteinander vom Papstpalast die paar Meter zu der zweiten großen Sehenswürdigkeit von Avignon hinüber: zur *Pont Saint-Bénézet*, besser bekannt eben als *Pont d'Avignon*.

»Die is ja kaputt!«, haute Karla Werner den Hammergag raus, als sie das Ende der Brücke erreicht hatten, wo sie seit gestern Abend immer noch mitten in der Rhone bestimmt acht Meter tief steil abfiel.

»Ende Gelände!«, kommentierte Britta die Stelle.

»Wieder am falschen Ende gespart!«, kicherte Hille.

»Wirkt von oben höher als von unserem Ufer gegenüber aus«, stellte Helge nüchtern fest und …

… Kai Schindler sagte nichts! Weil: Kai Schindler hatte ganz überraschend ein Problem mit der Brückenhöhe. Konkret: Er war wie Fynn Dreyer nicht ganz schwindelfrei.

»H… Helge, könntest du bitte vom Geländer weggehen?«, nuschelte er schließlich doch noch etwas zu seinem Schüler hinüber.

»Wieso? Das Geländer ist sicher. Hier, schauen Sie?!«, antwortete Helge und rüttelte zum Beweis an der oberen Geländerstange herum.

»Ich glaube, Helge, dein Lehrer hat ein ganz anderes Problem«, grinste Karla ein wenig hämisch.

»So? Welches denn?«

»Ps… Ps… ***Psychisch!***«, war ihre Antwort, die sie extralustig rausnieste.

»Ja, echt lustig, Karla Werner! Können wir jetzt bitte …«, knödelte Kai Schindler und da ging der Rest seiner Bitte aber in einem langgezogenen, tiefen Hupton einer 39 Jahre alten Jacht unter. – Die *Johanna* war's, die mit ungewöhnlich hohem Tempo auf die Brücke zustampfte … oder wie man so bei dieselbetriebenen Motorjachten sagt.

»Ich glaub's ja nicht. Da sind sie schon!«, meinte Helge, der als Erster Fynn, Cem, Thalia und Judith erkannte, die da auf der Jacht standen und ihm zuwinkten.

Auch Schindler guckte überrascht zu der Jacht hinüber und da kam ihm doch tatsächlich eine verschlagene Idee, wie er die vier Spinner dazu bringen konnte aufzugeben. *Helge* hieß sein Trumpf. Den hatte er ja nun mal sicher.

Kai Schindler riss sich also stark zusammen, ging einen Schritt auf die Brückenkante zu und umklammerte mit beiden schwitzigen Händen das Geländer und wartete ab.

Die Jacht kam schnell näher und nun nahm Helge auch den Käpt'n wahr, der alt, aber aufrecht an der oberen *Steuerkonsole* stand … wie man das bei Jachten vielleicht auch nennen könnte. – Der *Moby-Dick*-Film ging ihm wieder durch den Kopf. Mit dem wahnsinnigen Käpt'n Ahab. Genial gespielt von Gregory Peck, mit dem der alte Mann da unten verschärfte Ähnlichkeit hatte.

»**Gebt auf, Leute! Ich hab euren Helge!**«, hörte Helge überrascht seinen Klassenlehrer zur Jacht hinunterrufen, die nun langsamer tuckernd an der Brücke vorübertrieb.

»**Ja und? Helge kann tun und lassen, was er will!**«, rief Thalia zurück und Fynn brüllte hoch: »**Spring, Boss!**«

Und da grinste Kai Schindler seinen Schüler Helge Stratmann so überheblich an, weil der natürlich wusste, dass der niemals springen würde. Nicht aus dieser Höhe! – Helge selbst guckte ein wenig traurig in die Runde, streichelte noch einmal den gemeingefährlich niedlichen Otto und meinte zu den drei Damen: »Danke für alles!«, und …

… dann sprang er übers Geländer in die Tiefe.

Und da vergaß Schindler mal für einen Moment, dass er ein Problem mit Höhe hatte, lehnte sich weit über das Geländer und schnappte mit seinen Händen aber natürlich nur noch ins Leere. Und im nächsten Moment tauchte der *High-Diver* Helge Stratmann auch schon in die Rhone ein. Und als sein Kopf dann auch nach unerträglich langen Sekunden endlich wieder an der Oberfläche auftauchte, brüllte Kai Schindler ihm nach: »**Du hast sie ja wohl nicht mehr alle! Du … du … du KNALLTÜTE! Wenn das deine Eltern erfahren! Vor allem DEIN VATER! Und ich schwöre dir, er wird es erfahren! Das**

gibt Ärger, Stratmann! Hörst du? Richtig großen, amtlichen Är…«

»Kai, jetzt lass mal gut sein!«, bremste ihn jemand von der Seite. Karla Werner. Und die legte dann auch noch ihre Hand auf seine rechte Schulter. Erstaunlich sanft auch für ihre Verhältnisse.

Und Kai Schindler? Der ließ dann auch tatsächlich mal gut sein und sah Karla einfach nur noch stumm an.

33

Helge Stratmann wurde von Cem und Fynn an Bord der *Johanna* gezogen und dort wurde er gefeiert wie ein Rockstar. Praktisch gesehen: *The Boss* war an Bord und die Gang wieder vollzählig.

Allerdings ein paar Kilometer stromabwärts, als *Gregory Peck* alias Hardy Kruse seine *Johanna* aus Avignon herausgeschippert hatte, wurde es für Helge Stratmann – wie soll ich sagen – etwas ungemütlich.

Nichts ahnend saß er da auf dem Sonnendeck, eingehüllt in Hardys dunkelblauen, seidenen Morgenmantel, den Elli ihm gegeben hatte. Seine eigenen Klamotten lagen zum Trocknen auf dem Vorderdeck.

Er verknusperte gerade das köstliche Käsegebäck, für das Elli endlich einen würdigen Abnehmer gefunden hatte, da setzte Thalia sich direkt neben ihn auf den freien Hocker und fragte: »Wer war die Bitch?«

Cem, Fynn und auch Judith glotzten gespannt zu Helge rüber und der fragte schließlich zurück: »… öhmm, wie meinen?«

»Die Tussi da oben auf der Brücke. Die neben Schindler.«

»Öhö …«, hustete Helge einen verirrten Käsekrümel aus seiner Luftröhre und antwortete dann so *ganz ahnungslos*: »Die mit den braunen langen Haaren? Das war Britta. Nett, *sehr* nett!«

»Die meine ich nicht! Die andere! Wer?«, hakte Thalia nach.

»Ah, die mit braunen Haaren und Hund auf dem Arm. Das war Hille. Frau von Rolf.«

Thalia sagte nichts und durchbohrte Helge mit einem nervig lang andauernden Blick.

Judith und Fynn hinter Thalia gaben Helge langsam kopfschüttelnd Zeichen und auch Cem spreizte die Finger seiner linken Hand zu einem *Leisefuchs*.

Doch der arme Helge knickte schließlich unter Thalias Stahlblick ein und da sprudelte es aus ihm heraus: »Karla Werner, die Polizistin war das. Sie ist neununddreißig Jahre alt, lebt in Bochum und … ich schätze, da läuft was mit dem Doc! Zufrieden!?«

Alle guckten nun Thalia an, gespannt auf ihre Reaktion. Und im nächsten Moment kam dann auch noch Elli mit einem weiteren Berg Käsegebäck aus der Kajüte auf das Sonnendeck und fragte: »Was ist denn hier los? Ist jemand gestorben?«

Und da nahm Thalia seelenruhig ihr Smartphone vom Tisch und antwortete Elli sehr entspannt: »Noch nicht ganz. Mein iPhone ist am Ende. Nur noch acht Prozent Akku. Gibt es hier zufällig ein Aufladekabel?«

Nein, gab es nicht. Jedenfalls keines, was in Thalias relativ neues iPhone passte.

»Ich sag euch, Leute. Das mit den Steckern macht der Lump doch extra!«, meinte Hardy da auch noch mal von dem oberen … *Dings*-Deck.

»Wer jetzt? Schindler?«, fragte Thalia grinsend und extradoof nach.

Und da waren die anderen doch sehr erleichtert, weil jetzt war endgültig klar, dass Thalia liebeskummertechnisch über den Berg war. … oder sagen wir mal: Thalia Farahani ertrug Helges Hiobsbotschaft mit bewundernswert cooler Fassung. – *Chapeau*, wie der Franzose sagt. *Hut ab* also!

»Wer? Schindler? Nein, den meine ich nicht«, brummelte Hardy jedenfalls wieder. »Ich meine den Chef von Apple. Steve … *Works* oder so.«

»*Jobs*. Steve Jobs«, half Fynn.

»Ja, genau den! Steve Jobs, der Lump!«

»Der ist doch tot!«, wusste selbst Elli.

»… … … ach?!«

»Ja, *ach!* Schon lange. Ganz jung gestorben. Mit Mitte fünfzig.«

»Na ja, Frau Kruse. Mitte fünfzig ist jetzt auch nicht mehr *ganz* so jung«, merkte Helge vorsichtig an.

Da drehte sich Hardy von seinem *Führerhochsitz* langsam zu ihm um und knurrte: »Was soll das heißen?«

Helge, stark verunsichert, starrte den alten Mann mit seinen aufblitzenden *Gregory-Peck-Augen* an und rang nach vernünftigen Worten.

Und da, sehr überraschend für den leidgeprüften Helge, grinste Cem ihn an: »Aus der Nummer kommst du nicht mehr raus!«, und Judith bemerkte trocken: »Ich hol schon mal das Seil!«

Und da lachte nun die komplette Besatzung inklusive Elli und Hardy … und Helge nichts verstehend auch ein bisschen höflich mit.

... gekielholt wurde auch diesmal niemand und auch sonst war die Fahrt über die Rhone verdammt entspannt. Elli und Hardy hatten beschlossen, die fünf Helden bis ans Mittelmeer zu bringen. Trotz oder gerade wegen dieses seltsamen Schindlers, der genau das verhindern wollte. Auf Teufel komm raus. Das hatte er ja auch noch mal in seiner letzten WhatsApp an Thalia sehr deutlich gemacht.

> *Ihr werdet es NICHT bis ans Mittelmeer schaffen. Ich werde euch finden und euch dann nach Hause schicken ... und vorher noch Taschengeldsperre und Extra-Küchendienst. Dass das klar ist! ... Grüße*

»Das klingt – wie soll ich sagen ...«, suchte Elli nach einem geeigneten Wort, nachdem Thalia die WhatsApp für alle vorgelesen hatte.

»... sauer? Wütend? Größenwahnsinnig?«, waren Judiths Vorschläge.

»... nein, eher *putzig*«, fand Elli das Wort, das sie gesucht hatte.

Und da stimmten sie auch letztlich alle mit überein, weil ernst konnte man Schindlers Drohungen nun wirklich nicht nehmen. Helge hatte zwar berichtet, dass Schindler jetzt eine Kastenente hatte, mit der er sie verfolgen konnte, aber dafür musste er sie erst mal finden. Sie waren auf der Rhone. Einer der größten Ströme Frankreichs, der von Avignon aus noch gut neunzig Kilometer bis zum Mittelmeer breit dahinströmte. Die Chancen, dass der Doc sie da finden würde, standen denkbar schlecht. Was sie ihm auch direkt so zurückgeschrieben haben.

… zusammen mit einem aktuellen Gruppenselfie, auf dem sie diesmal alle drauf zu sehen waren – Fynn, Cem, Helge, Judith, Thalia und ihre Gastgeber Elli und Hardy.

34

In etwa zur selben Zeit knallte in Avignon auf dem *Place du Palais des Papes* eine schwer gelangweilte Kellnerin vier weitere Getränke auf den Bistrotisch und schlurfte, ohne auch nur irgendjemanden anzusehen, zurück in das Café, das direkt gegenüber vom Papstpalast war.

»Wenn mal eine den richtigen Job hier hat!«, stellte Karla fest und Kai Schindler machte den Vorschlag: »Man könnte sie auch zu dem Hirni da vorne hinschieben. Würde gar nicht auffallen.«

Sagte es und deutete auf den Sportsfreund, der regungslos in dicken, mittelalterlichen Klamotten mitten auf dem Platz stand. In der sengenden Mittagshitze, komplett bronzefarben eingesprüht und angemalt, damit sein wahnsinnig originelles *Straßenkünstler-Denkmal* noch echter wirkte.

»Jau! Madame Schlaftablette als Denkmal der Arbeit. Sehr gut!«, grinste Karla und Hille nahm das zum Anlass, ihr zweites Glas *Aperol Spritz* zu erheben, um in die Runde zu prosten: »Vive la France. Stößchen!«

»Ist das eigentlich nicht ein bisschen früh für *Likörchen*?«, fragte Britta, die alte Sozialpädagogin, ein bisschen besorgt nach und da meinte Hille aber: »Ich hab Urlaub. Also hoch die Tassen.«

Und wenn auch Britta möglicherweise dachte, dass Hille ja eigentlich *immer* Urlaub hat, hat sie's netterweise für sich behalten und ihr, Karla und auch Kai zugeprostet … mit ihrem *zweiten* Glas Prosecco.

Karla und Kai blieben standhaft und nuckelten an ihren Apfelschorlen rum. Beide mussten ja auch noch Auto fahren. – Karla mit dem Wohnmobil weiter südwestlich Richtung Spanien, was das eigentliche Reiseziel der drei Damen mit Hund Otto war. – Na ja, und Kai Schindler, der hatte nun mal so was von gar keinen Urlaub. Er hatte Schüler zu verfolgen, einzupacken und zurück zum Camp zu bringen. Und dass er jetzt aber noch einigermaßen relaxed in dem Straßencafé vorm Papstpalast seine Apfelschorle schlürfte, hatte er allein Karla zu verdanken. Nach seinem peinlichen Ausraster da oben auf der Pont d'Avignon war es ihr Vorschlag, dass man ja irgendwo noch was zusammen trinken könne … bevor man sich *endgültig* trennt.

Und nun saßen sie in dem Straßencafé, Kai Schindler nuckelte extra langsam an seinem zweiten Glas Apfelschorle herum und Britta fragte ihn noch einmal nach seinem Sabbatjahr, von dem er den dreien schon erzählt hatte.

»Tja, ich weiß noch nicht so genau, was ich da machen werde«, war seine Antwort. »Aber sicher öfter nach Schweden fahren als bisher. Göteborg.«

»Skandinavien-Fan?«, wollte Karla da wissen.

Und da lachte Schindler einmal kurz und irre auf und antwortete ganz klar: »Nein, sicher nicht. Mein kleiner Sohn lebt da mit seiner Mutter.«

»Verheiratet? Geschieden? Getrennt?«, checkte Hille die Fakten ab.

Karla rollte in Hilles Richtung mit den Augen, aber Kai Schindler antwortete klar und deutlich: »Verheiratet nein. – ***Getrennt*** ja. Schon lange!«

»Wie schön!«, verplapperte Karla sich etwas doof und lief dann auch amtlich rot an. Britta und Hille kicherten für ihr Alter etwas albern.

»Äh … ich meine …«, wollte Karla da noch irgendwie was richtigstellen, aber da machte es auch schon wieder ***pling*** in Kai Schindlers Cargohose. … also sein *Smartphone* in der Cargohosenseitentasche, versteht sich, *das* machte ***pling***.

Kai Schindler sah nach, wer ihm geschrieben hatte, und da war es sein Knalltütenteam, das ihm das Gruppenselfie geschickt hatte. Und darunter stand:

> *Träumen Sie weiter, Doc! Entspannte Grüße von den fantastischen fünf auf ihrem Weg zum LA FUCKING MER!*
> *PS: Könnten Sie Karla bitten, dass sie Ihnen Helges Kanutonne mitgibt? DANKE!*

»Was ist lustig?!?«, blaffte Karla etwas unsicher den Kai an, weil sie dachte, dass er sich gerade über sie lustig machen würde.

»*Das* ist lustig!«, klärte er und reichte Karla sein Smartphone mit dem Bild und der darunterstehenden Bitte weiter.

… und wirklich lustig jetzt: Genau in dem Moment kam eine weitere WhatsApp mit einem ***Pling*** herein.

> *PS PS: Und ganz ganz GANZ herzliche Grüße auch an die Kripo-Bitch!*

… las Polizeibeamtin Karla höchst amüsiert und reichte Schindlers Smartphone an Britta und Hille weiter.

»Was?!?«, fragte Kai Schindler nun selbst verunsichert nach, als auch die beiden wieder so albern kicherten.

»Nichts, Kai! Ist praktisch gesehen für mich«, grinste Karla.

Hille gab Schindler dann aber das Smartphone zurück, der schließlich auch die WhatsApp las und darauf peinlich berührt die Augen verdrehte.

Und nachdem er wenig später auch die letzte Pfütze Apfelschorle aus seinem Glas genippt hatte, seufzte er: »Meine Damen, das war's. Die Pflicht ruft! Ich muss los. … Schüler einsammeln!«

»Warum musst du das überhaupt tun?«, fragte Britta nach und Hille hinterher: »Genau, lass die doch einfach ans Mittelmeer fahren. Wo ist das Problem?«

Karla nickte zustimmend und Kai aber schüttelte den Kopf: »So weit kommt's noch. Ich lass mir von den Gören doch nicht auf der Nase rumtanzen. Das reißt ja sofort ein, wenn man da einmal lockerlässt.«

»Das ist Quatsch, Schindler!«, haute ihm da direkt Karla um die Ohren.

Worauf dem Kai nix mehr einfiel, was er darauf hätte sagen können, was sehr wahrscheinlich daran lag, dass er ganz tief drinnen selber wusste, dass das, was er soeben gesagt hatte, größtmöglicher Blödsinn war.

»Ich zahl dann mal«, sagte Hille irgendwann.

»Nein, das mach ich!«, bestand Kai aber darauf und gab Madame Schlaftablette ein Zeichen, worauf diese dann – schnell wie eine Sanddüne – ein paar Jahreszeiten später auch direkt an ihrem Tisch strandete, um abzukassieren.

»Mach's gut, Schindler!«, sagte Karla noch zum Abschied.

»Mach's besser, *höhö*!«, haute Kai noch mal unwahrscheinlich wortgewitzt raus und dann gingen sie getrennte Wege. Die drei Damen mit dem grenzenlos niedlichen Otto Richtung Wohnmobil – und Schindler zu seiner Kastenente … dem 2CV-Jagdbomber für entflohene Gesamtschüler.

35

»Die Pumpe ist hin«, teilte Hardy am Nachmittag seiner Crew mit, als er mit ölverschmierten Händen wieder am Oberdeck der Johanna auftauchte.

»*Eyvallah*! – Ischwörre-äy, besock isch disch neue!«, verfiel Cem wieder aufmunternd in seinen Migrationsvorgeschichten-Slang, schob sich cool eine seiner filterlosen *Gitanes Maïs* in den Mund und steckte sie sich an.

Und das war so ein Moment, da wäre Fynn jede Wette eingegangen, dass Hardy mit seinem fetten Schraubenschlüssel, den er noch in der Hand hielt, dem Cem die Kippe direkt aus dem Mundwinkel hauen würde, so grimmig guckte der ihn an. War aber gar nicht, weil …

»Gib mir mal eine!«, brummelte Hardy sehr überraschend für alle in Richtung Cem.

»Hardy!«, schimpfte Elli komplett entrüstet mit ihrem Hardy, der doch das Rauchen vor rund zwanzig Jahren endgültig aufgegeben hatte.

Aber da war sie nun wirklich machtlos. Hardy zog eine der Gitanes aus Cems hingehaltener Schachtel, ließ sich von ihm Feuer geben und glutknisternd sog der alte Mann den ersten Zug voll in seine Lungen.

Alle Blicke waren auf ihn gerichtet. Wartend darauf, dass ihm wie bei Cem die Hautfarbe aus dem Gesicht gleiten würde oder dass er sich jeden Moment mindestens einen Lungenflügel aus dem Leib husten müsste.

Nichts dergleichen geschah. Hardy blies nikotingeflasht den Rauch in die Landschaft und raunte zufrieden: »Die schmecken genauso scheiße wie vor zwanzig Jahren. … genial!«

Elli schüttelte verständnislos den Kopf. Und nachdem wenigstens der blasse Cem sehr verlässlich seinen Hustenanfall gehabt hatte, erklärte Hardy klipp und klar: »Das wird hier nichts mehr, Leute. Ihr müsst ohne uns weiter. Tut mir leid!«

Und da bin ich mir relativ sicher, dass Hardy Kruse es ehrlich meinte, aber genauso ehrlich war seine kleine Freude darüber, dass die gute alte Johanna auf ihrer letzten Fahrt schlappgemacht hatte. – Der Verkauf der Jacht, die Rückreise nach Deutschland, der Einzug in die Altersresidenz – ***alles*** war perfekt durchorganisiert. Wenn du so willst: bis ans Ende aller Tage! … und jetzt das. Eine unvorhergesehene Panne. Wie ein Riss durch Raum und Zeit, der alles wunderbar durcheinanderbrachte.

»Viel Glück, ihr Lieben!«, wünschte Elli den fünf Helden zum Abschied und gab ihnen einen Haufen Proviant mit auf den Weg. Im Gegenzug schnorrte Hardy sich für später noch eine französische Kippe von Cem. Dann gingen die fünf von Bord und stapften am Westufer der Rhone entlang. Alle bis auf Helge mit ihren Kanutonnen unter den Armen. Kilometerweit. Cem mit ausgestrecktem Arm und erhobenem Daumen Richtung Wasser. Aber da hatte ihn das Tramper-Anfängerglück von heute Morgen verlassen. Es waren fast nur große Frachtkähne unterwegs, die natürlich alle ungebremst an ihnen vorbeirauschten.

»Leute, ich glaube, das bringt hier nichts«, meinte Judith dann auch irgendwann. »Das sind an die fünfzig Kilometer bis zum Mittelmeer. Da sind wir ja noch Tage unterwegs, wenn wir die laufen müssen.«

»Das sehe ich genauso wie Judith«, stöhnte Fynn. Thalia und Helge nickten und Cem meinte noch: »Yep! Aber aufgeben ist nicht. Wer aufgibt, stirbt einen langsamen, qualvollen Loser-Tod.«

»Apropos. Steck dir doch mal wieder eine von deinen Torpedos in den Hals«, grinste Thalia ihn von links an und …

»Pscht!«, zischte Helge streng von rechts und rammte Cem seinen Ellenbogen voll in die Rippen, obwohl der jetzt gar nichts mehr gesagt hatte.

Ein Motorengeräusch war es, auf das Helge angesprungen war. Der unverwechselbare Sound eines *Citroën 2 CV AK 400*, sprich: *Ente!* –Ich sag dir: Helge Stratmann muss Ohren haben wie ein Luchs, weil die Quelle des Motorengeräusches flog gute 200 Meter am gegenüberliegenden Rhone-Ufer mit todesverachtenden 67 Stundenkilometern vorbei: *Schindlers* taubenblaue Kastenente, wie Helge dann auch als Erster erkannte.

»In Deckung Leute! Das ist der Doc!«, warnte er die anderen.

Fynn warf sich sofort in den Staub, die anderen blieben aber stehen. Und da war er mal wieder von sich selbst total genervt, weil er ja auch immer tat, was andere ihm sagten. … oder sagen wir mal: *fast* immer. *Wie* auch immer: Die anderen blieben stehen und Thalia meinte dann auch zu Helge, der selbst wenigstens in die Hocke gegangen war: »Sonst noch was, Boss? Ich denk ja gar nicht dran, mich vor Kai … dem *Doc* zu verstecken.«

»Was soll der Quatsch, Thalia. Er könnte uns sehen!«

»Ja, und dann? Wie sollte er denn zu uns rüberkommen, hm?«, fragte Judith nach.

Da hatte Helge keine Antwort drauf, weil weit und breit war ja auch keine Brücke in Sicht. Denn auch, wenn dieses Fahrzeug *Ente* hieß: Schwimmen war da einfach nicht drin. – Und dann war die Kastenente aber auch schon außer Sicht- und Hörweite, weil Kai *Doc* Schindler seine fünf Schüler wahrscheinlich auch gar nicht gesehen hatte … vermuteten jedenfalls seine fünf Schüler einigermaßen optimistisch.

»Also ich bin dafür, dass wir zur Straße hochgehen und den Bus nehmen!«, nahm Judith den Faden des Fortbewegungsproblems wieder auf.

»Sorry, Schätzchen. Aber das ist kein Rock 'n' Roll!«, machte Cem, der alte Rocker, Judith klar.

»Stimmt leider, Schwester. *Bus fahren* – wie spießig ist das?!«, meinte auch Thalia.

»Und was, wenn wir *schwarzfahren*? Müssten wir eh, weil mein Geld habe ich in der Tonne gelassen«, brachte Helge sich ein.

»Ja, *schwarzfahren* ist sehr wahrscheinlich Rock 'n' Roll«, nickte Fynn und klopfte sich den Staub ordentlich von den Knien ab.

»Ach, ich weiß nicht«, meinte Cem da aber noch mal. »*Bus fahren*. Ich meine, wir sind jetzt so weit gekommen, und wenn wir jetzt den Bus nehmen, das wäre in etwa so, als wäre – sagen wir mal – Reinhold Messner damals die letzten Meter bis zur Spitze vom Mount Everest mit einem *Segway* oder so was hochgejuckelt.«

»Ja, *Segway* ist klar. Die Dinger gehen ja gar nicht«, stimmte Helge zu, Fynn und Thalia nickten und Cem steckte sich demonstrativ noch einen Finger in den Hals vor lauter Segway-Ekel und …

»… wie wäre es, wenn wir uns einfach das Ruderboot da nehmen und damit bis ans Mittelmeer paddeln? Wäre das stilecht? Wäre ***das** Rock 'n' Roll*?«, fragte Judith da und alle anderen folgten mit den Blicken ihrem Finger, mit dem sie auf einen bestimmten Punkt flussabwärts zeigte. Gute hundert Meter von ihnen entfernt schwappte es auf den Wellen der Rhone. Festgemacht mit einem einfachen Strick an einem alten Holzsteg: das Ruderboot! – *Rock 'n' Roll!*

… also sagen wir mal: ein *bisschen* Rock 'n' Roll, weil klar: Die fünf haben sich das Boot einfach so genommen, aber Judith hat dann doch noch einen Zettel für den Besitzer an den Steg geheftet, mit dem freundlichen Hinweis im besten Schulfranzösisch, dass man sich das Boot nur geborgt habe und dass der Besitzer es sicher zurückbekäme.

Rock 'n' Roll war später dann aber noch mal. Ein paar Kilometer weiter südlich. Also *südwestlich*, um genau zu sein, weil die fünf Helden hatten sich verpaddelt.

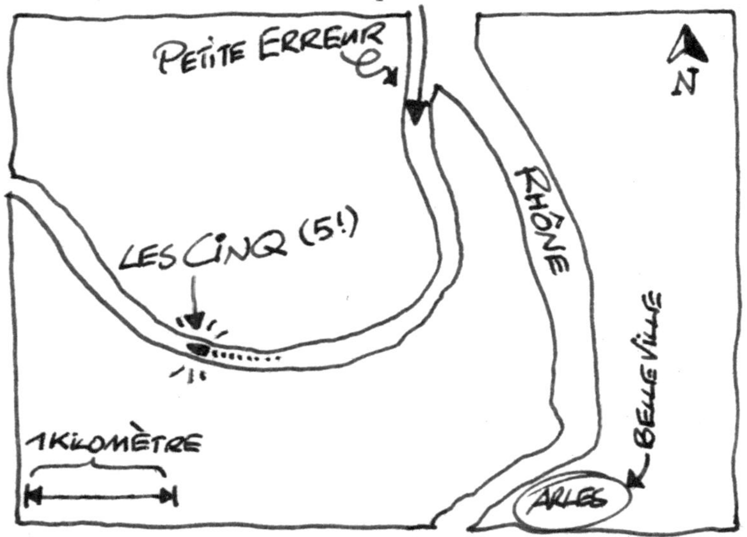

»Der Fluss ist irgendwie schmaler geworden«, fiel dem Fynn auf, der zusammen mit Cem in der Mitte des Bootes an den Rudern saß.

Und der meinte auch: »Yep, und irgendwie stimmt mit der Richtung auch was nicht. Das hier ist mehr so Westen … oder Norden oder so was.«

»Auf jeden Fall echt schön hier«, flüsterte Judith selig, die vorne im Bug saß.

Thalia, die mit Helge hinten im Heck saß, nickte und hauchte: »Ich sehe weiße Pferde.«

»… und ich Flamingos«, ergänzte Helge leise und ebenso beeindruckt.

Cem und Fynn, die als Einzige mit dem Rücken zur Fahrtrichtung saßen, guckten sich verwundert an und Cem fragte dann auch allgemein in die Runde: »Sagt mal, haben wir da irgendwas verpasst? Was habt ihr geraucht, Mann?«

Da kriegte er aber keine Antwort drauf. Helge deutete nur mit dem Kopf in Richtung Landschaft, die vor ihm lag und die Cem und Fynn rudernderweise im Rücken hatten.

Die drehten dann auch ihre Köpfe herum und sahen, was alle anderen sahen: riesige Libellen, die hubschrauberartig über die goldglitzernde Wasseroberfläche surrten, am rechten Ufer eine Herde weißer Pferde, die da herumstand wie von einem Fotografen arrangiert. Und weiter hinten am Horizont, wo die Sonne wieder mal spektakulär unterging, flog tatsächlich ein Schwarm rosa Flamingos an den bestrahlten Wolkenfetzen vorbei.

»Wie krank ist das?! Wir sind Teil einer gigantischen Fototapete«, kommentierte Cem.

Worauf Thalia sich kurz an die Stirn klatschte und dann auch direkt ihr iPhone aus der Jackentasche zückte.

Und als sie dann alle miteinander schön nah zusammengerückt waren, streckte Thalia ihre Hand mit dem iPhone aus und machte das allerletzte Gruppenselfie.

Dann wischte und tippte sie noch einmal schnell auf der Glasoberfläche ihres schwächelnden iPhones herum und sagte: »Okay, Mädels. Letzte WhatsApp an den Doc. Was soll ich ihm schreiben?«

36

»Mach's besser, hö, hö!«, rief Kai Schindler sich während der Fahrt mit seiner Kastenente die letzten Worte in Erinnerung, mit denen er sich von Karla Werner verabschiedet hatte.

Avignon lag weit hinter ihm und seit Arles, wo er die große Brücke überquert hatte, fuhr er nun am Westufer der Rhone entlang. Immer wieder warf er einen Blick auf den großen, breiten Fluss und hielt Ausschau nach der Jacht mit seinen fünf Endzeitschülern drauf. Vergeblich, versteht sich, weil: Natürlich hatte Schindler vor Arles die fünf am gegenüberliegenden Ufer *nicht* gesehen. Und pro gefahrenem Kilometer wurde ihm jetzt auch immer klarer und klarer, wie aussichtslos dämlich diese ganze Aktion war.

»Mach's besser, ***hööö, hööö!***«, wiederholte Schindler und im launigen Selbstgesprächmodus plauderte er selbstkritisch weiter: »Schindler, wie unlustig! Wie niveaulos! Wie uncool! Wie ...«, machte er eine kleine Wortfindungspause und nach der kam dann aber auch nur noch: »... doof, doof, doof!«

Und dann machte sein Smartphone auf dem Beifahrersitz ***pling*** und da musste der Kai natürlich wieder mal bei voller Fahrt sofort nachsehen, wer geschrieben hatte. Weil – du weißt schon – hätte ja sein können, dass es Anne wegen seines Söhnchens Ingmar war – oder wahrscheinlicher: Kollegin Bärbel Westerhoff, die in den letzten zwei Stunden auch schon wieder mindestens eine halbe Million Mal versucht hatte, ihn zu erreichen ... oder aber vielleicht war's ja doch Karla, der er wenigstens noch clevererweise seine Mobilnummer gegeben hatte, bevor er sich so *superlustig* von ihr verabschiedet hatte – ***Hö! Hö!***

… Thalia war's nur. Er warf einen flüchtigen Blick auf das Gruppenselfie, das sie ihm geschickt hatte, und las die Nachricht darunter …

Sorry Doc, aber Sie haben voll gelost.
Vom Mittelpunkt der Welt grüßen schön
The Unstoppable Five!

»Na toll!«, stöhnte er das Knalltütenfoto an, warf das Smartphone zurück auf den Beifahrersitz, guckte zur Abwechslung mal wieder kurz auf den Straßenverkehr vor sich, dann wieder auf die breite Rhone links von ihm und …

… da dämmerte es auch Kai Schindler, dass hier was ganz und gar nicht stimmte. Er fuhr rechts ran, schnappte sich sein Smartphone und rief das Foto noch einmal auf. Und da strahlten sie ihn wieder bildschirmfüllend so überheblich an: Thalia und Helge am unteren Bildrand, Fynn und Cem in der Mitte und darüber Judith, die sich keck auf die Schultern von den beiden Jungs stützte.

»*Das* ist *keine* Jacht!«, fiel dem Kai da auf, dass die fünf nun mit einem Ruderboot unterwegs waren. Er zoomte das Foto näher ran, strich es langsam nach unten – beinah liebevoll an den fünf Gesichtern seiner Schüler vorbei – bis zum oberen Drittel des Bildes, wo sich der schmale Flusslauf hochschlängelte. Bis zum Horizont also, über dem etwas links aus dem Bild flatterte. Klein, rosa verpixelt, aber immer noch deutlich erkennbar: ein Schwarm Flamingos!

Und da strahlte auch der Schindler. Weil er erkannt hatte, wo die fünf nun waren. Nicht auf der *Grand Rhône*, sondern auf der ***Petit** Rhône* mittendrin in der Camargue.

Da war er sich so was von sicher, weil er selber auch schon mal dort war. Damals, zusammen mit Sarah, seiner *Ex-Ex-Ex*. Die Camargue mit ihren Salinenfeldern, weißen Wildpferden und eben auch frei lebenden Flamingos war schön. … nur der Urlaub an und für sich war mal so richtig kacke, weil Sarah an allem etwas herumzumäkeln hatte und …

… Fakt jetzt wieder: Schindler wusste hundertprozentig genau, wo er die *unstoppable Knalltüten* finden konnte. In der Camargue eben.

Sorry Doc, aber Sie haben voll gelost! …

… las er noch einmal den Textanfang unter dem Bild und da grinste er finster und selbstgesprächig irre: »Falsch! Nicht der Doc hat gelost. Sondern ihr Knalltüten! Aber so was von!«

Dann warf er das Smartphone zurück auf den Beifahrersitz, hämmerte den ersten Gang seiner Kastenente rein, ließ den Zweizylindermotor mit seinen 28 brandgefährlichen PS auffauchen und flog – nach einem sportlichen U-Turn – über die Landstraße quer durch die Camargue Richtung *Petit Rhône*.

37

Cems Fototapete war im Begriff, sich im letzten Dämmerlicht aufzulösen. Die weißen Pferde waren weg, die Flamingos auch. Dafür flatterte aber nun ein etwas unheimliches Geschwader von Fledermäusen um das Boot herum. Was daran lag, dass ihr Abendessen dasselbe tat. Die Libellen mit ihren zeigefingergroßen Körpern. Und *die* brummten um das Boot herum, weil ihr eigenes Abendessen es ja auch tat: Mücken! Was rede ich?! *Myriaden* von Mücken umschwirrten das Boot, weil in diesem wiederum ihr eigenes Abendessen saß: Fynn, Cem, Helge, Thalia und Judith.

Aber ich sag dir: Selbst wenn jetzt noch ein Schwarm durchfallkranker Flamingos über sie gekreist wäre, auch das hätte die fünf nicht kleingekriegt. Sie waren die *Unbreakable Five* und nichts und niemand konnte ihre Hochstimmung in den Keller drücken. – Dank Elli hatten sie reichlich zu essen und zu trinken und wichtiger noch: Sie waren auf dem richtigen Weg. Und das, obwohl sie bei Arles einmal doof abgebogen waren. Das wussten sie jetzt alles, weil Cem hatte im Vorüberrudern ein am Ufer campendes Paar gefragt. Zwei Herren also, die dort vor ihrem Wohnwagen Händchen haltend auf einer Decke saßen.

»Hör zu, Bubi. Verarschen können wir uns alleine!«, hatte der Kleinere von beiden erst ein bisschen patzig geantwortet, weil der natürlich dachte, dass Cem sie auf den Arm nehmen wollte.

»Das glaube ich gern, meine Herren, weil da kommt ja auch immer eins zum anderen«, hatte Cem den beiden so zweideutig zugezwinkert, und da war es Judith, die noch mal schnell und sachlich nachhakte, ob dies denn jetzt der richtige Weg zum Mittelmeer sei oder nicht.

Ja, war es. Natürlich das! Die beiden Männer winkten die fünf schließlich zu sich ans Ufer und zeigten ihnen auf der Karte, wie die *Petit Rhône* verlief und wo genau sie nach rund 50 Kilometern mündete.

»... hier nämlich: bei Saintes-Maries-de-la-Mer. Ein kleiner, hübscher Fischerort. Müsst ihr ***un***bedingt hin!«, schwärmte der kleinere Mann, der sich als Max vorgestellt hatte, den fünf vor und der längere namens Fritz zauberte aus dem mickrigen Wohnwagen ein Tablett mit Plastikbechern und einer Flasche eiskalt gekühltem Cidre drauf. Falls dir das jetzt nichts sagt: Das ist so eine Art französischer Apfelschorle mit ein klein wenig Alkohol drin.

»Auf das Leben!«, prostete er in die Runde und die fünf erhoben ihre Becher und der kleine Max natürlich auch und alle lachten unbeschwert und glücklich: **»Auf das Leben!«**

Und dann saßen sie alle noch ein Weilchen da und plauderten über das Leben. Fritz und Max kamen aus Berlin. Fritz hatte Philosophie studiert und Max war Ethnologe. Und weil die Stellenaussichten bei beiden Studiengängen jetzt nicht gerade der Knaller waren, ist Max nach seinem Hochschulabschluss beim Taxifahren geblieben und Fritz Barmann in einer Szenekneipe geworden. Und dann fragte Fritz noch, was die fünf denn mal werden wollten, wenn sie mit allem fertig wären. Und da kriegte er ausgerechnet von Judith die Antwort, dass es nicht wichtig war, was man wird – was man ist, hingegen schon.

Da schwieg der Philosoph mit Finger am Kinn und Fynn hätte Judith für diese Antwort um den Hals fallen können. Aber da riss er sich stark zusammen, nahm sich aber fest vor, dass er sich diesen einen Satz, diese alles umfassende Antwort, merken wollte … und was es mit dem Impuls auf sich hat, der Judith dauernd um den Hals fallen zu wollen, da wollte er später auch noch mal vernünftig drüber nachdenken.

Wie auch immer und kurz gefasst: Das Treffen mit Max und Fritz war ein schöner, denkwürdiger Zufall. Aber die fünf Helden wollten natürlich weiter. Die Nacht durchrudernd bis zum Mittelmeer. Zum Abschied schenkten Max und Fritz ihnen noch zwei Mückenkerzen und eine Flasche *Autan*, weil sie so ziemlich genau wussten, was die fünf auf den nächsten 50 Kilometern erwartete …

»… Mücken!«, sinnierte Fynn nun, während er zusah, wie eine dieser Mücken sich trotz Autan auf dem linken Unterarm von Helge niederließ. »Aus Sicht dieser Mücke da bist du wahrscheinlich so was wie eine Art Tetra Pak.«

»Yep!«, antwortete Helge gelassen, hob ganz langsam seine rechte Hand und erklärte noch: »Aber was die Mücke nicht weiß, ist: **Der Tetra Pak schlägt zurück!**«, und klatschte mit flacher Hand die ahnungsfreie Mücke platt.

»Cem, rauch doch noch eine«, machte ausgerechnet Judith Cem diesmal den Vorschlag, weil der Rauch der Gitanes die Mücken auf Abstand hielt. Aber das war nur so eine Theorie, weil die qualmenden *Max-und-Fritz-Kerzen* vorn im Bug dufteten angenehm nach Lavendel, hielten die Viecher aber auch nicht davon ab, über die *fünf Blutkonserven* herzufallen … außer wenn sie vorher voll dämlich in das brennende Licht hineingeflogen waren.

»Man hilft ja, wo man kann!«, grinste Cem, steckte sich eine Gitane an, wedelte wie ein Schamane den Rauch beschwörend über das Boot und dann bemerkte er den Vollmond am immer dunkler werdenden Abendhimmel und kläffte wieder begeistert los: **»Bei Allah! Guckt euch die scheißgeile Scheibe an. Perfekt!«**

Alle schauten hoch und Judith, die vorn zwischen den beiden Kerzen im Bug saß, stimmte ganz zart, ganz leise … so verdammt glockenhell ein Lied an, dessen Strophen sie auch schon bei dem Schindler auswendig lernen mussten …

Der Mond ist aufgegangen – Die goldnen Sternlein prangen – Am Himmel hell und klar …

… sang Judith das *Abendlied* von Matthias Claudius in die Stille der Camargue hinein und da hatte Fynn *schon wieder* so einen Impuls, Judith einmal ganz fest drücken zu wollen.

»Äy, Scheiße noch mal, das kenn ich!«, rief Cem begeistert in Fynns Impulse rein und sang zusammen mit Judith erstaunlich ton- und textsicher den zweiten Teil der ersten Strophe …

… Der Wald steht schwarz und schweiget – Und aus den Wiesen steiget – Der weiße Nebel wunderbar.

In der Taktpause zur zweiten Strophe nahm Cem einen kräftigen Zug seiner Gitane und blies effektvoll *weißen Nebel* in den Mückenschwarm. Dann stiegen Thalia, Helge und natürlich auch Fynn mit in das Lied ein …

Wie ist die Welt so stille – Und in der Dämmrung Hülle – So traulich und so hold! – Als eine stille Kammer – Wo ihr des Tages Jammer – Verschl…

… und da brach der komplette *Boots-Chor* abrupt ab, weil aus dem nahe gelegenen Schilf hörte man laut und deutlich, wie es plötzlich ***pling*** machte.

»Was war das?«, flüsterte Judith automatisch.

»Handy ganz klar. Aber nicht meins. Meins ist platt«, antwortete Thalia.

»Hm, komisch. Das kam von der Böschung da«, wunderte auch Fynn sich und nickte in die Richtung vom Schilf.

»Hallo? Ist da wer?«, fragte Cem etwas wackelig in die Dunkelheit.

Es raschelte kurz, aber sonst: keine Antwort.

»Alles klar bei dir?«, fragte Helge bei Cem nach, der jetzt etwas nervös an seiner Gitane saugte.

Und da brauchte er dank Thalia gar nicht erst drauf zu antworten, weil die nämlich direkt in Richtung Schilf losballerte: **»ÄÄÄÄÄYYYYY! KOMM RAUS, DU PERVERSER PENNER UND ZEIG DICH! UND, ALTER, ICH SCHWÖRE DIR, WENN DU NACKT BIST, SCHNEIDE ICH DIR DIE EIER AB!«**

Niemand kam raus, schon gar nicht nackt. Nichts geschah.

»Der Psycho ist wahrscheinlich ein Franzose und kann dich nicht verstehen«, bemerkte Fynn.

»Ja, das klingt logisch«, stimmte Helge zu und zu Judith dann: »Kannst du das, was Thalia da gerade gesagt hat, bitte ins Französische übersetzen?«

Nein, konnte sie nicht. Dafür fehlten Judith noch ein paar umgangssprachliche Vokabeln, die sie dann aber beizeiten mal nachschlagen wollte. Und dann trieben die fünf in ihrem Boot eh immer weiter von der Uferstelle weg, von der das Handygeräusch gekommen war. Und da war es auch Cem, der offensichtlich schnell das Thema wechseln wollte, als er in die Runde fragte: »Sagt mal, kennt ihr diesen Kanon? Also den, der mit *Row, row, row* … und so weiter anfängt?«

»Ja klar«, antwortete Fynn ihm und stimmte auch gleich den Kanon an, den Cem meinte. Und exakt zwei Takte später stieg dann auch Judith glockenhell ein. Und Cem selbst wiederum ebenfalls zwei weitere Takte danach. Leidenschaftlich laut auch, weil Singen vertreibt die Angst. Thalia und Helge, die das Lied gar nicht kannten, lernten schnell und klinkten sich ebenfalls in die unendlichen Kanonschlaufen ein. Fynn, Judith, Cem, Helge und Thalia. Fünf Freunde, ein Lied, ein Kreislauf …

Row, row, row your boat – Gently down the stream

Merrily, merrily, merrily, merrily – Life is but a dream

Row, row, row your boat – Gently down the stream

Merrily, merrily, merrily, merrily – Life is but a dream

Row, row, row your boat – Gently down the stream

Merrily, merrily, merrily, merrily – Life is but a dream

Row, row, row your boat – Gently down the stream

Merrily, merrily, merrily, merrily – Life is but a dream

Row, row, row your boat – Gently down the stream

Merrily, merrily, merrily, merrily – Life is but a dream

38

Row, row, row your boat – Gently down the stream

Merrily, merrily, merrily, merrily – Life is but a dream

Row, row, row your boat – Gently down the stream

Merrily, merrily, merrily, merrily – Life is but a dream

Nachdem auch die letzte hörbare Stimme seiner fünf Schüler in den Weiten der Camargue verhallte, blieb Kai Schindler noch eine ganze Weile da in seinem Schilf hocken. Sprachlos auch, weil …

… das lief jetzt mal alles so komplett anders, als von ihm geplant. – Siegessicher war er mit seinem taubenblauen Bomber hierübergeballert. Und da war er noch so stolz, als er doch tatsächlich die Uferstelle wiedergefunden hatte, wo er damals mit seiner Ex-Ex-Ex Sarah für eine Nacht gecampt hatte … bevor sie am nächsten Morgen den Urlaub endgültig abgebrochen hatten und … andere Geschichte wieder.

Geschichte hier: Stolz war der Kai, dass er die Stelle wiedergefunden hatte. Und mit einem mächtigen Gefühl der absoluten Überlegenheit hatte er sich an der Uferböschung im Schilf versteckt. Wie ein Jäger, der seiner Beute auflauert. Denn so simpel war der Plan: Sobald die fünf Knalltüten auf seiner Höhe waren, würde er herauspreschen und sich auf ihr Boot stürzen. *Ende Gelände!*

Und da war er ganz aufgeregt vor lauter Vorfreude, den fünf die Tour amtlich zu vermasseln, als er sah, wie sie in einiger Entfernung tatsächlich um die nächste Kurve auf ihn zusteuerten.

Aber jetzt pass auf: Was den Schindler aus dem Konzept gebracht hatte, war zuerst dieses Bild, was da so ekelhaft entspannt auf ihn zutrieb: fünf junge Leute in einem Boot, die im Kerzenschein so dermaßen strahlten, dass der Schindler natürlich zuerst auch dachte, die hätten wieder gekifft. – War dann aber gar nicht. Die trieben einfach naturstoned und zufrieden durch die südfranzösische Abenddämmerung. Essend, trinkend … und im Falle von Cem dann noch eine Gitane rauchend. Und da hatte der Schindler noch gedacht: Scheiß auf die schöne Stimmung! *Le professeur c'est moi!**

Er riss sich sein Hemd vom Oberkörper, voll im Piraten-Entermodus also, bereit zum Sprung in die Fluten und …

… da hörte er, wie Judith anfing zu singen. Du weißt schon: *Abendlied* von diesem Matthias Claudius. Und dann auch noch mit dieser wirklich schönen Singstimme.

Da wartete Kai mit seinem Sprung doch erst noch einmal ab, bis einer von den anderen mit einem unterirdisch flachen Witz in Judiths Stimme reingrätschen würde. Jede Wette wäre der Doktor eingegangen, dass es der höchst nervige Cem Aldemir tun würde und …

* DER LEHRER BIN ICH!

… was dann aber *wirklich* geschah, weißt du vom Prinzip her alles schon. *Niemand* grätschte in Judiths Engelsstimme und alle sangen mit. Cem, Fynn, Thalia und selbst Helge Stratmann, von dem Kai Schindler fünf Jahre lang gedacht hatte, dass der wenigstens eine vollständige Gesichtslähmung haben müsste, so wenig, wie der in all den Jahren überhaupt eine Miene verzogen hat.

Wie auch immer: Spätestens da hatte Schindler seine Arme gesenkt und ging wieder hinter dem Schilf in Deckung. Voll erwischt hatten seine Schüler ihn. Mit einem Lied! Und möglich wieder, dass du eigenständig denkst, was der Blödsinn soll, aber ich sag dir eins: *Abendlied* von Matthias Claudius ist so ziemlich das wunderbarste, tröstlichste, abgefahrenste vertonte Gedicht aller Zeiten und …

… Fakt jetzt wieder: Schindler war höchst gerührt und Punkt! – Er erinnerte sich genau, wie er seiner Klasse vor zwei Jahren exakt dieses Gedicht zum Auswendiglernen mitgegeben und wie endbegeistert sie ihn da wieder angestarrt hatte. Voll angenervt, verständnislos … hasserfüllt. Aber da konnte er ganz gut mit leben.

Und jetzt, zwei Jahre später, zogen fünf dieser Schüler in einem Boot an ihm vorbei und sangen beseelt dieses Lied. Und dann ging ihm regelrecht das Herz auf, als dieses ganz erstaunliche Quintett sogar die zweite Strophe anstimmte. Wunderbar, tröstlich – Wort für Wort, Ton für Ton und …

… dann machte sein Handy ***pling*** und alles war vorbei. Die ganze, schöne Stimmung. Er hörte, wie Cem etwas unsicher in seine Richtung fragte, wer da sei. Und da wäre er am liebsten aufgesprungen und hätte geantwortet: »Ich bin's nur – euer Loser. Lasst euch bitte nicht stören und **... singt *bitte, bitte* weiter!**«

Natürlich ist er in Deckung geblieben. Etwas ungeschickt raschelnd hatte er noch nach seinem Handy getastet, um es auf stumm zu stellen. Dann hockte er weiter so da, in seinem Schilf, stumm und halb nackt. Und dass Thalia auch noch mächtig wütend ihn, die unbekannte Bedrohung, als *perversen Penner* beschimpfte, machte die Angelegenheit auch nicht besser.

Er fühlte sich – wie soll ich sagen – in etwa genauso erbärmlich wie er da rumhockte: irre irgendwie ... und alt und spießig. Sein Ehrgeiz, diese Besessenheit, seine fünf Schüler zu jagen, zu fangen und sie wieder in die Spur zu drücken, das kam ihm auf einmal alles so lächerlich vor.

Und dann, weißt du alles schon, ließ er die fünf Helden ja auch ziehen. Und nachdem er noch eine Weile sprachlos rumgehockt war, erhob Schindler sich endlich und sah als Erstes genervt nach, wer ihm eine WhatsApp geschrieben hatte, die ihn mit einem ***Pling*** fast verraten hätte. ... Karla war's!

»Yes!«, smilte da der Kai wieder und schrieb ihr auch gleich zurück.

39

Sie trieben durch den Weltraum. Mit einem Ruderboot. Stundenlang. Judith, Thalia, Cem und Helge. Und Fynn war ihr Steuermann, der sie sicher durch die Unendlichkeit manövrierte. – Ihm gefiel die Vorstellung, wie er dahinten so am Steuerruder saß und in den Nachthimmel blickte, während seine Sternen-Crew unter der alten Bootsplane langsam aus dem *Kälteschlaf* erwachte. Das Einzige, was Fynn in seiner Fantasie nicht so ganz ausblenden konnte, waren die unersättlichen, verdammten Arschloch-Mücken, die anscheinend niemals schliefen.

Dann aber, als Fynn sein Raumschiff durch die letzte Schleife der *Petit Rhône* steuerte, waren die Viecher wie verabredet auf einmal alle weg. Und als ganz langsam der Morgen dämmerte und auch die anderen nach und nach wach wurden, löste sich auch der Sternenhimmel auf und die Weltraumreise war beendet. Punktlandung. Die fünf zerstochenen Helden legten an einem Steg an, der noch gute zweihundert Meter vor der Flussmündung lag. Sie machten das Boot fest, nahmen ihre Kanutonnen unter die Arme und gingen die letzten Meter zu Fuß. Und da endlich war es. Das Ziel ihrer Reise: Mittelmeer! Sie zogen ihre Schuhe, Sandalen … Badelatschen aus und liefen hinunter zum menschenleeren Sandstrand. Und dann standen sie einfach nur da. Spontan alle miteinander Hand in Hand, mit den Füßen im Wasser und mit dem Blick auf den Horizont, wo die aufgehende Sonne den Himmel in ein zartes Rosa tauchte.

»Jesses, ist das kitschig!«, brummelte Helge irgendwann …

… aber auch ehrlich beeindruckt.

»Das muss so sein, Boss!«, grinste Fynn.

Judith seufzte einfach nur versonnen und Thalia lächelte in die warmen Sonnenstrahlen: »Es ist geil! Einfach nur geil!«, worauf Cem neben ihr meinte: »Es ist bezaubernd, romantisch, malerisch, voll *pittoresquement*, wie wir Franzosen sagen, aber nicht geil, Thalia-Schätzchen. *Ich* bin geil, weil …«

»Cem!«, unterbrach ihn da plötzlich jemand von ganz links außen. – Kai Schindler, der wie aus dem Nichts nun plötzlich neben den fünfen stand. Ebenfalls mit den bloßen Füßen im Wasser und mit Blick auf den Sonnenaufgang.

Alle drehten sie mächtig überrascht ihre Köpfe in seine Richtung und da nahm Cem den Faden wieder auf und fragte: »Ja bitte?«

Und da grinste der Doc ihn an und antwortete: »Einfach mal die Fresse halten!«

Und dass ausgerechnet der feine Herr Doktor Schindler sich so derart niveaulos, widerlich gossenhaft ausdrückte, machte Cem Aldemir, die alte Plaudertasche, doch tatsächlich sprachlos. … also zwei Sekunden vielleicht und da grinste er auch schon zurück: »Sprache, Doc, Sprache!«

Dann zog Cem sein Hemd aus, warf es in den Sand, rannte los und tauchte mit einem Hechtsprung ins Wasser ein. Und die anderen ihm hinterher. Weil, klar, du kannst nicht einfach so zum Mittelmeer reisen und dann da *nicht* reinspringen. Das geht ja wohl gar nicht!

… also irgendwie schon, weil Kai Schindler sprang nicht ins Wasser. Er setzte sich einfach in den Sand und sah seinen fünf Schülern zu. Zufrieden auch. … *sehr* zufrieden. … wenn nicht sogar ein kleines bisschen glücklich.

40

Die Rückfahrt zur Ardèche ging dann auch sehr viel schneller als die Hinfahrt zum Meer. Mit Schindlers Kastenente nämlich. Nach rund zweieinhalb Stunden Fahrt waren sie wieder am Campingplatz bei Vallon oberhalb der Pont d'Arc. Du weißt schon: *Pont d'Arc*. Diese mächtige Natursteinbrücke, wo alles begann …

… und nun auch endet. Weil exakt dahin hat die Klasse 10b einer deutschen Gesamtschule noch am selben Tag ihren Ausflug gemacht, um dort einen entspannten Tag am Ufer der Ardèche zu verbringen. Oder, wie im Fall von Fynn Dreyer, eben nicht ganz so entspannt in schwindelerregender Höhe über der Ardèche in der Felswand der Pont d'Arc.

Und wenn ich jetzt noch mal ordentlich über alles nachdenke, würde ich meinen, dass ich dir alles erzählt habe, was hier Sache war – also was wichtig ist, um zu kapieren, warum Fynn Dreyer ausgerechnet Seite an Seite mit Helge Stratmann und Cem Aldemir da in der Wand über der Ardèche klebt. Und dass die beiden Ladys Judith Schrader und Thalia Farahani am gegenüberliegenden Ufer zusammen friedlich auf einer Stranddecke liegen können, ohne sich gegenseitig die Köpfe abzubeißen … habe ich auch alles erzählt, warum das sein kann.

So gesehen kann ich jetzt auch ganz geschmeidig wieder einen Zeitsprung in die knallharte Gegenwart machen. Praktisch gesehen bis zu der Stelle, wo Cem dann noch mal zu Fynn sagt: »Jetzt musst du springen!«

Worauf Fynn dann jetzt ganz klar antwortet: »Das sagtest du bereits. Und ich sag dir noch mal: Ich muss hier gar …«

… spricht Fynn den Satz da aber nicht ordentlich zu Ende, weil Cem und Helge ihn gleichzeitig von beiden Seiten packen und ihn fröhlich mit in den Abgrund reißen.

»IHR AAARSCHLÖCHER!«, brüllt Fynn noch, stürzt der Ardèche entgegen, elegant wie ein Kartoffelsack – Seite an Seite mit Cem und Helge und er fällt und fällt, entspannt wie in einem Verkehrsunfall, der noch nicht fertig ist: Tempo hier, Hindernis da und ein Haufen erstaunlich klarer Gedanken vor dem Aufprall. Verwackelte Landschaft, gestochen scharf die Bilder: Thalia und Judith auf dem Strandtuch. Helge, grölend, fallend zu seiner Linken, Cem, noch lauter grölend, fallend zu seiner Rechten, und in der Mitte er selbst mit irre klaren Gedanken …

Wir haben alle keinen Plan, wo es langgeht!, geht ihm fallend durch den Kopf und dann aber auch noch logisch weiter: … also gerade mal ja! Abwärts ganz klar! – Nur nicht mit dem Rücken aufschlagen! Rücken brennt!!!, nimmt Fynn sich vor und nimmt fallend den Faden wieder auf: … ***null*** Plan! Haben wir ***alle*** nicht! Wir fallen durch Zeit und Raum. Jeder anders. Und jeder muss sich entscheiden. Für einen von Millionen Wegen. Weil: ein Weg, ein Ziel. Sagt man ja so. Für Thalia, Judith, Cem, den Boss und ganz klar auch für mich, denkt der Fynn sich alles, fällt und fällt und denkt zu Ende: … was aber auch wieder mal alles Quatsch ist, was ich hier denke, weil: *Mittelmeer!* Das war eine Entscheidung über mehr als nur einen Weg dorthin. Und wir waren da. Wir haben es geschafft. Thalia, Judith, Cem, der Boss und ich!, und …

… dann sind zwölf Meter Abgrund ja auch irgendwann mal gewesen und die drei schlagen auf. Cem geschmeidig mit Köpper, der Boss – *Helge* also – grölend ganz klar mit Arschbombe und Fynn selbst …

… mit dem Rücken zuerst! Natürlich das! Er schlägt auf, der Rücken brennt wie Hölle, und während er durch die brettharte Wasseroberfläche bricht und metertief in die Ardèche eintaucht, grinst Fynn: *Mondlandung* – nichts dagegen!

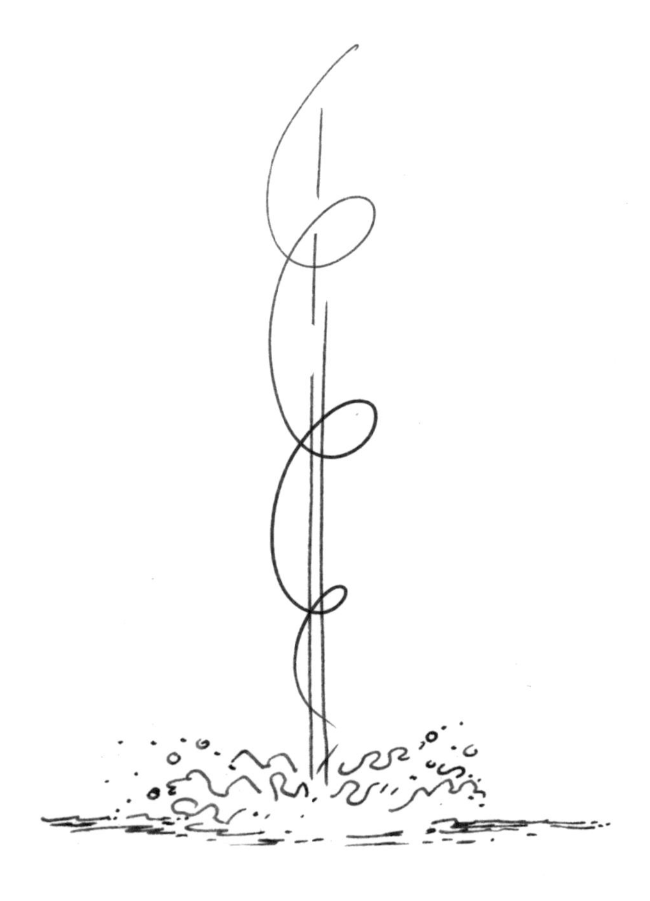

FIN!*

*ENDE! ...?